目次

JN034465

第一章　後家長屋の用心棒

一

徳川《とくがわ》十一代将軍家斉《いえなり》の世。

香坂喜三郎《こうさかきさぶろう》は空を見あげていた。今宵《こよい》は満月だ。西国の故郷で見る月も、江戸で見る月も同じであった。月はどこにいようとも、どんな境遇であろうとも平等に照らしてくれる。

ぐうっ、とまた腹が鳴った。

江戸に来て五日になる。路銀も使い果たし、昨日よりなにも食べていない。満月が握り飯に変わっていく。

水でも飲むか、と立ちあがると、

「きゃあっ」

おなごの悲鳴が聞こえてきた。

何ごとか、と廃寺の山門のほうを見やる。するとそこから、ひとりの娘が走ってくるのが見えた。その背後より、三人の浪人ふうが追いかけてくる。

喜三郎はとっさに、地面に置いていた大刀を鞘《さや》ごと取った。

「おなごっ、待てっ」

と叫びながら、男たちが追ってくる。

「いやいや、いやっ、誰かっ、助けてっ」

娘はこちらに向かってくる。そして、喜三郎に気がついた。

「お武家様っ、お助けくださいっ」

お武家様。まだ、わしは武士に見えるのか。ぼろぼろの着物を着て、髷《まげ》は結っておらず、背中に流して根元を縛っている。見るからに主《あるじ》なしの落ちぶれた男だ。

されど、娘には頼れる武士に見えるというのか。

「お助けくださいませっ」

娘が迫ってきた。喜三郎は鯉口《こいぐち》を切り、大刀を抜いた。

「うしろにまわれ」

と、娘に言うと、はいっ、と娘はすぐさま、喜三郎の背後にまわった。

追ってきた浪人ふうの男たちも立ち止まると、すらりと大刀を抜いた。

「おなごを渡してもらおうか」

髭面《ひげづら》の男が言う。見るからに、主なしの暮らしが長そうだ。

「理由を教えろ」

と、喜三郎は言った。

「いいから、渡せ」

「渡さないと言ったら、どうする」

「おまえを斬《き》るだけだ」

「それは困る。わしには許婚《いいなずけ》がいるのだ。許婚を残して、死ぬわけにはいかぬ」

「許婚だと……」

髭面が笑った。

「そのなりで許婚だと」

「そうだ。許婚を追って、江戸まで来たのだ」

「ほう、冷飯食いになって、逃げられたか」

そう言って、髭面がほかのふたりとともに笑う。

「進んで主を捨てたのだ」

「そうか。まあ、よい。ここまでだ」

と言うなり、髭面がぐぐっと迫ってきた。が、喜三郎が正眼に構えると、足を止めた。

できる、とわかったのだろう。わかるだけ、ましかもしれぬ。

喜三郎は峰に返した。

「おのれっ」

ばかにされたと思ったのか、髭面が斬りこんできた。

喜三郎は難なく髭面の刃《やいば》を弾《はじ》くと、がら空きの腹を峰で払った。ぐえっ、と膝《ひざ》を折る。うなじに峰を打ちこむと、崩れていった。

それを見て、ほかのふたりが腰を引く。

「どうする」

と、喜三郎は聞く。

「おなごを渡せっ」

「それはできぬ」

喜三郎のほうから迫っていく。すると右手の男が、たあっ、と斬りかかってきた。喜三郎はさっと体《たい》をかわし、男の腰を背後より峰で打った。ぐえっ、と膝から崩れたところを、再びうなじを打つ。

「覚えていろっ」

鷲鼻《わしばな》の男が踵《きびす》を返す。

「おいっ、仲間を捨てるのかっ」

声をかけるも、鷲鼻の男は振り返ることなく逃げていった。

「お武家様っ、ありがとうございますっ」

娘が前にまわって、喜三郎の前で土下座をした。

「怪我《けが》はないか」

「ありませんっ。ああ、お礼を、なにかお礼をさせてくださいませっ」

額を地面につけたまま、娘がそう言う。

「ひとつ、頼みがあるのだが」

と言うと、なんでしょうっ、と娘が顔をあげた。

小半刻後《こはんとき》――。

喜三郎は味噌汁《みそしる》のぶっかけ飯をかっくらっていた。

次々とぶっかけ飯を口に放《ほう》りこみ、胃の腑《ふ》へと流しこんだ。三杯おかわりして、ようやく人心地がついた。

「おかわりはどうですか」

「いや、もうよい。うまかったぞ、娘」

お椀《わん》から顔をあげて、喜三郎は娘を見た。

「ほう、娘、そなた、かなりの美形であるな」

はじめて、助けた娘が美形だと気づいた。

「咲良《さくら》といいます、お武家様」

「そうか、咲良か。よい名前だ」

「ありがとうございます。お茶はいかがですか」

「ああ、もらおう」

喜三郎は娘を助けた礼として、飯を食わせてくれないか、と頼んだ。娘はわかりました、と自分の家に喜三郎を案内して、冷飯に味噌汁を用意した。

喜三郎は味噌汁を冷飯にぶっかけて食べた。空《す》きっ腹には極上の飯であった。

お茶を飲むと、まわりを見まわした。

「狭いな」

土間に四畳半の部屋。いわゆる九尺二間《くしゃくにけん》である。土間には竈《かまど》と流しがあるだけだ。

今、喜三郎は四畳半に座っていた。目の前に、咲良がいる。行灯《あんどん》の明かりに浮かぶ顔は、目を見張るほどの器量よしである。

「すみません。でも、みんなこんな感じですよ、お武家様」

と、咲良が言った。

「そうなのか」

「お武家様、お名前をうかがってもいいでしょうか」

「ああ、香坂だ。香坂喜三郎と申す」

「香坂様ですか」

腰高障子が開き、大年増《おおどしま》が土間に入ってきた。行灯の明かりを受けた顔は、咲良に似ていた。一見して、母親だとわかった。

「あら」

喜三郎を見て、目をまるくさせる。

「母さんっ」

と、咲良が母親に抱きついていった。

「あんたっ、咲良になにをしたんだいっ」

咲良の背中を抱きしめ、母親が喜三郎に向かってどなりつける。かなり威勢がよい。故郷では見かけない類《たぐい》のおなごだ。江戸では大年増はみな、こうなのだろうか。

「違うの。母さんっ、香坂様が私を助けてくださったのっ」

「また、人さらいかいっ」

うん、と咲良がうなずく。

「お武家様、失礼しました」

ありがとうございました、と土間に両膝をつき、頭を下げていく。

「母御どの、顔をあげてくれ」

「あの、なにかお礼を」

咲良似の美形の母親が聞いてくる。

「今晩、泊めてはくれぬか」

「えっ……」

「だめか。いや、だめなら構わぬ」

邪魔したな、と喜三郎は、鞘ごと大刀を手にすると立ちあがった。

「お待ちくださいっ」

母親が土間から四畳半にあがり、喜三郎の足をつかんできた。

偶然か、股間に母親の顔が当たり、喜三郎は腰を震わせた。

「狭いところですけど、ぜひ泊まっていってくださいませっ」

顔を股間に押しつけたまま、母親がそう言った。

「では、そうさせてもらう」

下帯《したおび》の下をむずむずさせつつ、喜三郎はそう言った。

二

四畳半に川の字になって寝ていた。

真ん中が喜三郎。右が咲良で、左が母親の奈美《なみ》だ。咲良は十七で、奈美は三十四と言った。十七のときの子である。咲良の父である奈美の夫は三年前、病で亡くなっていた。

それからは、奈美が女手ひとつで育ててきたが、三月《みつき》前から咲良も茶汲娘《ちゃくみむすめ》として働きはじめたらしい。

江戸に出てきてはじめて、布団らしい布団の上で寝ていた。いわゆる煎餅《せんべい》布団で薄かったが、それでも廃寺の板間にじかに寝るより数十倍ましである。

目を閉じると、いつも真っ先に、許婚の美緒《みお》の美貌《びぼう》が浮かぶ。

——父上は、刃向かっていませんっ。お縄になる覚悟でした。斬ってきたのは……斬ってきたのは……。

——誰だ。誰が斬ってきたのだ、美緒どの。

——それは……。

言いよどんだ美緒の、苦渋《くじゆう》に満ちた顔が、今でもはっきりと蘇《よみがえ》る。

結局、美緒は誰が斬ってきたのかは言わず、父の初七日を終えると同時に、藩《はん》から姿を消した。

美緒の父である、吉川欣吾《きっかわきんご》は藩の勘定方《かんじようかた》であった。欣吾は公金に手をつけたかどでお縄になりそうになり、そのとき刃向かい、斬られて命を落としていた。娘である美緒はその場で見ていたらしい。欣吾を捕らえに来たのは、藩の目付役ではなく、勘定方の者たちだと言われている。欣吾に自首を勧めに来たのだという。

そこで欣吾が上役に刃向かい、やむをえず刃を交わしたことになっている。

相手をした勘定方の名は、はっきりしていない。そもそも欣吾は、公《おおやけ》には自害したことになっている。

すべては、吉川欣吾が公金に手をつけ、責めを負ったことになっている。が、横領したとされる金の行方はわかっていない。

美緒は喜三郎の許婚であった。喜三郎は香坂家の三男で、吉川家には男がおらず、美緒が婿《むこ》をとって家を継ぐことになっていた。

許婚となって一年あまりすぎていたが、もちろん言葉を交わす以上のことはなかった。

美緒が藩より消えて数カ月後。江戸勤番の大畑祐太郎《おおはたゆうたろう》より、江戸市中で美緒どのを見かけた、という便りが来た。大畑は、喜三郎の友人であった。信頼できる男であった。

美緒が消えた数カ月、喜三郎は廃人のような日々を送っていた。

自分の中で、これほど美緒の存在が大きかったのだと、失ってはじめて気づいていた。

喜三郎はおなごを知らなかったが、美緒が許婚となってからは、おなごを求める必要がないと思っていた。いずれ美緒と結ばれるのなら、ほかのおなごとまぐわう必要もないと思っていたのだ。

美緒は品がよく、なにより美しかった。喜三郎には、なんとももったいないおなごであった。その美緒が、義理の父となるはずであった欣吾とともに、あっという間に喜三郎の前から消えてしまった。

喜三郎は藩を抜け、江戸に向かうことにした。そこに迷いはひとつもなかった。恐らく、美緒は命を狙《ねら》われているのではないか、と思っていた。欣吾を斬った勘定方の人間にだ。

美緒は江戸市中に隠れつつ、父の無念を晴らそうとしているのではないか、と考えていた。


「うーん」

甘いうめきを洩《も》らし、川の字の右手の咲良が喜三郎に抱きついてきた。

「ああ、お助けください……お武家様……」

咲良が右腕を喜三郎の胸もとにまわしてくる。顔が近い。甘い吐息が喜三郎の顔面にかかってくる。夢を見ているようだ。寝顔が愛らしい。

すると左手から、娘の腕を押しやるようにして、奈美が抱きついてきた。

「お武家様……」

こちらも甘い息を吹きかけつつ、足までからめてきた。

顔を見ると、こちらも眠っている。母娘《おやこ》ゆえに、とても似ている。咲良を色っぽくさせたのが奈美だ。

咲良は水茶屋《みずぢゃや》の看板娘らしい。今、江戸では美形の娘をさらう事件が頻発《ひんぱつ》していて、咲良もその者たちに狙われたのではないか、と言っていた。

また狙われるかもしれない、と咲良が怯《おび》えた表情を浮かべるので、しばらく用心棒を務めよう、と喜三郎から申し出ていた。

お武家様を雇うような金はないと言われ、飯を食わせてもらい、しばし、ここに泊めてもらえればよい、と返事をした。

それなら、と明日から用心棒を務めることになった。これは喜三郎にとってよい話であった。

美緒を探すにしても、腹が減ってはどうにもならず、寝床がなくては、どうしようもない。落ち着く場所ができれば、美緒の探索に専念できる。

咲良は朝、水茶屋に送れば、夕方までは店にいるから安心だ。その間に美緒を探し、日暮れとともに、咲良を迎えに行くことにした。

「ああ、お武家様」

奈美が膝を喜三郎の股間に押しつけはじめた。

真《まこと》に寝ているのか、と奈美を見やる。

が、すやすやと寝ている。男の隣で寝るのは久しぶりなのだろうか。夫を病で亡くして三年あまり。まさか、その間、男なしということはあるまい。この器量でこの色気だ。男が放っておかないだろう。

「ああ、お武家様……奈美の乳を……」

奈美が喜三郎の腕をつかんできた。そして、胸もとに導く。

奈美は寝間着姿であった。そもそも、襟《えり》ぐりから白いふくらみがかなりのぞいている。行灯の明かりは消していたが、腰高障子の節穴から、月明かりがいくつも射《さ》しこんでいた。

乳に触れそうになり、喜三郎はあわてて手を引いた。はじめて触れる乳は、美緒どののものだと決めていた。

「ああ、お武家様……奈美の乳を……」

奈美が喜三郎の腕を求めるが、喜三郎はそれをゆるさない。すると、奈美は自ら乳房をつかんだ。襟ぐりから、かなり豊かなふくらみがあらわれる。それを揉《も》みこむ。

「あっ、あああ……お武家様……香坂様っ……」

奈美が喜三郎の名前を呼びつつ、乳房を揉みつづける。

喜三郎の目の前で、奈美の乳房が淫《みだ》らに形を変えていく。乳首がぷくっととがり、それをもう片方の手で摘《つ》まむ。

「あっ、香坂様っ」

喜三郎は生唾《なまつば》を飲みこむ。思わず、触れそうになる。

奈美は喜三郎に乳を揉まれている夢を見ているのだ。それで感じているのだ。が、喜三郎自身は触れてもいない。指を咥《くわ》えて見ているだけだ。

「ああ、喜三郎様、そのたくましいお魔羅《まら》を……ああ、奈美にくださいませっ」

そう叫ぶなり、喜三郎の横で奈美が大胆に両足を開く。すると寝間着が割れて、絖白《ぬめじろ》い太腿《ふともも》があらわれる。

喜三郎は奈美の太腿に手を伸ばしそうになり、いかんっ、とあわてて手を引く。

わしは美緒どのを探しに江戸まで来ているのだ。わしが抱くおなごは美緒どのだけなのだ。

「ああ、喜三郎様っ」

奈美が自らの手で両太腿を抱えあげ、腰をうねらせはじめる。

なんてことだっ。

咲良が起きるのではないか、と隣を見るが、咲良は相変わらず愛らしい寝顔を見せて、眠っている。

「あ、ああっ、ああっ、ああ、い、いくっ」

と叫ぶと、奈美は抱えた両手を解《ほど》き、ばたんと太腿を下ろした。

そして、すやすやと寝息を立てはじめた。ふたつの乳房も、白い太腿もまる出しのままだ。

それから、喜三郎は夜明け近くまで眠れなかった。

三

翌朝――。

飯を炊《た》く匂いで喜三郎は目を覚ました。竈を見ると、奈美が味噌汁を作っている。

「おはようございます、香坂様」

咲良が挨拶《あいさつ》してくる。

「おはよう」

「よく眠れましたか」

と、咲良が聞き、喜三郎は奈美のうしろ姿を見て、いや、とつぶやく。

「私はなぜか、とてもすっきり眠れました。やっぱり、殿方が隣にいると、安心しますね」

竈からこちらに目を向け、奈美がそう言った。確かに、とても晴れやかな顔をしている。

「そうか。それはよかった」

それから、三人でご飯を食べた。一膳《ぜん》の飯と山菜のみそ汁、それに卵焼きだ。

「卵焼きは今日だけです、香坂様」

と、奈美が言う。わかった、とうなずいた。

「これから、洗濯をしますから、お召し物をすべて脱いでください」

と、奈美が言う。

「全部か」

「はい。ちょっと臭《にお》います。だから全部脱いだあとは、躰《からだ》を拭いてください」

「そうか。臭うか」

江戸に来て六日になるが、風呂《ふろ》には入っていない。廃寺の井戸は涸《か》れていて、ためた雨水で躰を拭いただけだった。

飯を食べ終えると、喜三郎は腰高障子を開き、外に出た。井戸端にはすでに裏長屋の住人が集まり、洗濯をはじめていた。

「あら……香坂様ですか」

褌《ふんどし》を洗っていたおなごが、いきなり喜三郎の名を呼ぶ。

「そうであるが、どうして私の名を」

「いや、あの……昨晩……」

おなごが言いよどんでいると、奈美が出てきた。奈美を見て、ぽっと頰《ほお》を赤くさせる。

まずい。昨晩、奈美とまぐわっていた、と裏長屋の住人に勘違いされている。なにせ、裏長屋の壁は薄い。あってないようなものだ。夜中、あれだけ大きな声で、香坂様と叫び、よがっていれば、住人は勘違いするだろう。が、はっきりまぐわいましたか、と聞かれていないのに、違う、というのも変な話で、否定できずにいた。

「さあ、脱いでください」

と、奈美が言い、喜三郎は帯を解き、着物を脱ぐ。すると、鍛えられた上半身があらわれる。

それを見て、井戸端に集まっていたおなごたちが、あら、と目を見張った。もちろん奈美も、惚《ほ》れぼれとした目で喜三郎の躰を見ている。

喜三郎は幼き頃より、剣術に励んでいた。その結果、胸板は厚く、二の腕は隆々《りゅうりゅう》とし、腹筋も割れていた。

「あの、ちょっといいですか」

と言って、奈美がみなの前で、喜三郎の胸板に触れてきた。そろりと撫《な》でられると、ぞくっとした快感が走り、不意をつかれた喜三郎は、あっ、と声をあげていた。

奈美がにやりと口もとをゆるめ、さらにそろりそろりと撫でてくる。なぜか、乳首が感じていた。

「たくましいですね、香坂様」

そう言いながら、なおも奈美は裏長屋のおなごたちの前で胸板を撫でつづける。

「母さん」

あとから出てきた咲良が声をかけ、奈美ははっとした顔になる。

「下帯も取ってください」

「えっ、これも取るのか」

「はい。それこそ、洗わないとだめですよ」

「そうかもしれぬが……」

おなご連中が、興味津々《しんしん》といった顔で下帯だけの喜三郎を見つめてくる。

男たちはすでに仕事に出ているのか、おなごの姿しかない。

「さあ、はやく、香坂様」

裏長屋のおなごたちすべてが、喜三郎の股間に注目している。そのようななか、脱ぎづらかったが、脱がないのも情けない、と一気に下帯を取った。

魔羅があらわれる。なぜか半勃《だ》ちだった。

そうか。奈美に乳首を撫でられて、勃起させていたのだ。

「あら、こちらもたくましいですね」

と、奈美が言い、あら、とおなごたちが意外そうな顔をする。まぐわっていれば、たくましいことはわかっているはずだからだ。

助かった、と安堵《あんど》する。

みなが、喜三郎の魔羅を見ていたが、咲良は愛らしい顔を真っ赤にさせて、あらぬ方を見ている。

それを見て、生娘《きむすめ》だな、と思う。

あらたなおなごが奈美の家のふたつ隣の家から出てきた。小袖《こそで》や肌襦袢《はだジュバン》を手にしている。

そのおなごを見て、喜三郎は目を見張った。咲良も美形だったが、そのおなごはさらに磨きのかかった美形だったのだ。しかも、歩く姿が裏長屋のほかのおなごたちとは違っていた。

おなごは裸の喜三郎に気づき、あら、という顔を見せた。さっと視線をはずし、井戸に桶《おけ》を落とす。そして、がらがらと桶を引きあげていく。

その姿にも、喜三郎は見惚《みと》れていた。桶を引きあげる姿から、品のよさを感じたからだ。

武家の女ではないか、と思った。

「あら、初音《はつね》さんがお気に入りのようですね」

と、奈美が言い、桶を引きあげたおなごがこちらを見た。

「あっ……」

と、声をあげ、汲《く》みあげる縄を手放す。すると、水の入った桶ががらがらと落ちていった。

初音と呼ばれたおなごは、喜三郎から視線をそらし、あわてて縄を引きあげはじめる。

初音も咲良同様、優美な頬を赤くさせていた。

生娘だな、と思った。喜三郎の魔羅は見事な反り返りを見せていた。

「咲良、香坂様といっしょに増田屋《ますだや》に行って、古着を買っておいで」

下帯を手に、奈美がそう言う。

「はい……」

咲良がうなずく。

「香坂様、こちらです」

と、先に立つ。

「いや、あの……なにか着るものはないかな」

古着屋に行くのだろうが、魔羅まる出しのまま行くわけにもいかない。しかも初音が恥じらう姿を見て、すっかり天を衝《つ》いてしまっていた。

魔羅をあらわにさせていると、心持ちがはっきりとわかり、都合が悪いことを知る。

「すぐ近くですから」

そう言って振り向き、いやだ、と言って、すぐに前を向く。

「奈美さん、なにか魔羅を隠すものはないかな」

「そのようなりっぱなものを隠す必要はありませんよ、香坂様」

と、奈美が言う。

「りっぱか……」

「はい。とても」

ねえ、と奈美が、井戸端に集まっているおなごたちに同意を求め、おなごたちも、そうです、とうなずいた。

おなご知らずの喜三郎は、思えば生まれてはじめて、大人のおなごの前に勃起させた魔羅をさらしていた。

それがりっぱだと言われ、悪い気はしなかった。

「あのっ」

初音が声をかけてきた。こちらに近よってくる。右手には手ぬぐいを持っていた。喜三郎は股間を隠すのもどうかと思い、そのままでいた。

初音は視線を股間からそらしつつ、

「武士たる者、そのようなものを出したままで、外を歩いてはいけません」

厳しい顔でそう言うなり、喜三郎の前にしゃがむと、大きめの手ぬぐいで腰を巻いてきた。魔羅は天を衝いたままだったが、どうにか隠れた。

「かたじけない」

「いいえ……」

初音は視線をそらしたまま立ちあがり、すぐに背を向けた。

蒼《あお》いうなじがなんとも美しく、喜三郎は見惚れていた。

四

古着屋で下帯をはじめ、着物まで手に入れると、腰に一本差して、咲良とともに裏長屋を出た。お代は付けとなっていた。よいのか、と古着屋のおやじに問うと、眩《まぶ》しそうに咲良を見つめ、それはもう、と言った。

お代を返せないときは、咲良で、と思っているような目であった。

咲良のほうは、男のそんな眼差《まなざ》しに慣れているのか、ありがとう、とおやじに礼を言い、古着屋を出た。

裏長屋に戻ると、みな井戸端にいた。初音もいる。

「あら、お似合いになりますよ、香坂様」

奈美が褒《ほ》める。古着姿を褒められるのは、武士としてどうかと思い、思わず初音に目を向けたが、凛《りん》とした美貌をうなずかせるのを見て、なぜかうれしくなった。

「では、咲良さん、参ろうか」

「おねがいします」

裏長屋のおなごたちに見送られ、喜三郎は咲良とともに出かけた。

裏長屋は本所《ほんじょ》という土地にあった。道をまっすぐ行くと、両国橋《りょうごくばし》に出た。大川《おおかわ》を渡ると、すぐ両国広小路《ひろこうじ》に出る。

「ここです」

両国広小路に入ってすぐに、咲良が茶汲娘として働く水茶屋があった。

笠原《かさはら》。江戸では一、二を争う店らしい。そこで咲良は人気者となりつつあった。

「あら、どちらのお武家様」

前垂れをした愛らしいおなごが声をかけてきた。

「おはよう、小春《こはる》さん。この方は香坂様。しばらく送り迎えをしてくださるの」

咲良が小春と呼んだ愛らしいおなごに、そう説明した。昨晩、さらわれそうになったところを、香坂様に助けていただいたの、と言った。

「例のかどわかしね」

小春が深刻な表情を浮かべる。

「咲良ちゃんはこのところ人気が出ているから、確かに用心棒をつけたほうが安心だけど、でも、よくそんなおあしがあったわね」

「朝晩のご飯と寝床がお代なの」

「えっ、そうなのっ」

「そういうことだ」

小春が喜三郎を頭から足下まで品定めするように見つめた。

「咲良ちゃん、同じ床なんでしょう」

疑うように、喜三郎を見やる。

「大丈夫よ。なにかのときには、母さんがお相手するから」

と言って、咲良が舌を出した。

なにっ。それはどういうことだっ。なにかのときとはどういうときだ。それは、わしが咲良に手を出すということか。そのようなまね、わしはしないぞ。しかも、なにかのときには、奈美が相手をすると言っている。

わしが咲良に手を出そうとしたら、奈美が相手をするということか。

奈美の豊満な乳を思い出し、股間が疼《うず》いた。

「香坂様っ、香坂様っ」

はっと我に返った。咲良がどうしたのですかという顔で見つめている。

「あの、日暮れにおねがいします」

と言って、頭を下げる。

「わかった。では、また」

咲良を茶屋に送り届けた喜三郎は、両国広小路を見わたす。

江戸に来て、最初に来たのがここだった。とにかく、江戸中の老若男女が集まると聞いていたからだ。今も、昼前であったが、大勢の男女が集まっている。

咲良が働くような茶屋だけでもあちこちにあり、男たちが集まっている。大道芸もあちこちでやっていて、それぞれに人だかりができている。そして団子屋、水飴《みずあめ》屋、汁粉屋と、あらゆる食べ物屋も出ていた。

喜三郎は美緒の姿を探していた。江戸に来てずっと、足が棒になるほど歩いていたが、美緒の姿をこの目で捉えることはなかった。

とにかく、歩くしかない。

江戸で美緒を見かけたと文《ふみ》をくれた大畑とは、まだ繫《つな》ぎを取ってはいない。大畑と会いたい気持ちは強かったが、吉川欣吾を斬った勘定方の目が光っているかもしれず、うかつには繫ぎを取れなかった。大畑には迷惑をかけたくない。

今日は浅草《あさくさ》に行ってみよう、と喜三郎は歩きはじめた。


日暮れとともに咲良を迎えに行き、大川を渡り、本所の裏長屋に戻ってきた。

今日も収穫なしであった。

家に入るなり、腰高障子より、ちょっといいかい、というおなごの声がした。

「はい」

咲良が返事をして、土間に降りる。

「誰だ」

「大家のお菊《きく》さんです」

そう言うと、心張り棒をはずして、腰高障子を開いた。そこに、年増のおなごが立っていた。大家というから、婆《ばあ》さんかと思っていたが、違っていた。

奈美といい、この裏長屋には、妙に色っぽいおなごが多い。

「あなたが香坂様ですか」

色っぽい年増が聞いてきた。

そうであるが、と返事をすると、

「この長屋の大家の菊と言います。お武家様は咲良ちゃんを助けたそうですね」

うむ、とうなずく。

「それだけではなく、りっぱなものをお持ちだとか」

「りっぱな、もの……」

「はい。もう、長屋のおなごたちは、朝からずっとその話ばかりしていまして」

魔羅のことだと思った。

「それで今、この隣が空いているのです」

「そうか」

「香坂様にぜひともお借ししたいと思っています」

「そうか。それはありがたい。が、店賃《たなちん》はどれくらいになるか」

「それは、ご相談ということで。この裏長屋全体の用心棒をしていたければ、ただということで構いません」

「そうか。それはありがたい」

「ただ、ひとつ確認したいことがありまして」

「なんだ」

「その……どれくらいごりっぱなものをお持ちなのか、この目で確かめたいのです」

「それと、この長屋の用心棒と関わりがあるのか」

「おおいに、あります」

お菊の目が光っている。

「わかった。披露《ひろう》してもよいが……」

咲良の前で、また魔羅を出すのもどうかと思った。それに今朝は、見事に勃起していたが、菊の前でいきなり出しても、菊を満足させるような勃起を披露できるか怪しい。

「私の家で、どうでしょうか」

そうであるな、と喜三郎はうなずき、出てくる、と咲良に言い、菊とともに家を出た。大家の住処《すみか》は、裏長屋を出てすぐの場所にあった。二階建ての、なかなかりっぱな家であった。

「どうぞ、香坂様」

「この家に、ひとり住まいであるのか」

「はい。二年前に夫に先立たれまして、私ひとりで長屋を守っているのです」

六畳間に向かい合って座った。菊はすぐにでも魔羅を見たそうにしている。

「見たいと申すのなら見せるが、しかし、その……満足できるような勃ちっぷりを披露できるかどうか……」

「それは大丈夫です、香坂様」

と、菊が言う。

「見事に勃たずとも、貸してくれるか」

「いいえ。見事に勃たなかったら、お貸しいたしません」

「そうか……」

「大丈夫です。間違いなく、大きくなさいますから」

「お菊さん、まさか、そなたも脱ぐのか」

はい、と菊はうなずく。

「あの……いちおう言っておくが、まぐわったりはしないぞ」

「奈美さんだけの魔羅ですか」

「いや、昨晩、奈美さんとはしておらぬ」

「それはわかっております」

「じつはな、わしには許婚がいるのだ。許婚を探しに、西の国より江戸へとやってきたのだ」

「まあ、許婚と会うために、藩をお捨てになったのですか」

「まあ、そういうことだ。だから、許婚以外のおなごとまぐわうことはできぬのだ。わかってくれ」

「ああ、そうですか。ますます、お貸ししたくなりました。わかりました。さあ、どうぞ見せてください」

わかった、と喜三郎は腰から鞘ごと大刀を抜き、脇に置くと立ちあがった。帯の結び目を解き、前をはだけ、さっと脱ぐ。

「あらま」

鍛えられた肉体を見て、菊が目を見張る。

喜三郎は下帯に手をかけた。恐らく半分も勃ってはおらぬ。りっぱになっていないものを出すのも憚《はばか》られたが、出さないと家が借りられない。

下帯を腰から取った。

菊の目が光る。喜三郎の魔羅は半勃ちどころか、二分も勃っていなかった。

菊が、失礼します、と言って、にじり寄ってきた。

年増の美形の顔が近よってくる。するとそれだけで、ぐぐっと太くなる。

菊が手を伸ばしてきた。あっと思ったときには、裏のすじを人さし指でそろりと撫でられていた。すると、いきなり魔羅が反り返った。

それを見て、今度は鎌首《かまくび》にどろりと唾を垂らしてきた。

「き、菊さん……」

尺八《しゃくはち》を吹くのかっ、それはならんっ、と思ったが、違っていた。

自らの手のひらにも唾を垂らすと、鎌首を包み、そろりそろりと撫ではじめたのだ。

「お、おおっ」

これは、なんだっ。

「これなら、許婚の方もおゆるしくださいますでしょう」

と言いつつ、手のひらで鎌首を撫でつづける。

喜三郎の魔羅は一気に天を衝いていた。

「菊さん、あんた、ただ者ではないなっ」

「おおげさな。江戸のおなごなら、これくらい朝飯前ですよ」

「そ、そうなのか……」

やはり、江戸は恐ろしいところだと知る。

菊が手を引いた。そして、仰ぎ見る。

さっきまで二分勃ちだったのがうそのように、我ながら惚れぼれするような勃起を見せていた。

「ああ、これは、これは。長屋のおなごたちが一日噂《うわさ》するのもわかります。ああ、いいものを見せていただきました」

そう言うと、菊は両手を合わせた。

「では、借りてよいのか」

「支度金がいります」

いきなり、そんなことを言い出した。

「し、支度金……いくらだ」

菊の前に魔羅を出したままで、喜三郎は問う。

「十両です」

魔羅を見つめたまま、菊がそう言う。

「そのような大金、持っているわけがないであろう」

「尺八で、支度金なしにします」

と言う。菊の目はもう、喜三郎の反り返った魔羅から離れない。

「さきほども言ったとおり、わしには許婚がいるのだ」

「それはわかっています。でも今、そばにいるわけではないのですよね」

「まあ、そうだ……探しておる」

「たまっておられるでしょう、香坂様」

「たまって……いるとは……」

菊がふぐりに手を出してきた。やわやわとつかんでくる。その絶妙な揉み方に、喜三郎はうなった。

さらに魔羅が反り返り、鈴口《すずぐち》より先走りの汁がにじみはじめる。

「ほら、かなりたまっていますよね」

と言って、先走りの汁を人さし指の腹で掬《すく》い、それを裏のすじへと動かしていく。

「あっ……」

思わぬ刺激に、喜三郎は声をあげてしまう。

「許婚とはまぐわっていませんよね」

「まぐわっておらぬ」

「では、ほかのおなごとは、いつ以来、まぐわっていませんか」

ふぐりをやわやわと揉み、裏すじを撫でつつ、菊が聞いてくる。あらたな先走りの汁を出しつつ、

「生まれてこの方、まぐわっておらぬ」

喜三郎は正直に答える。なぜか、ふぐりをやわやわされていると、素直になるのだ。

「まあ、これだけのものをお持ちになりながら、一度も使っていないのですか」

「そうだ。そもそも、おなごに見せたのも今朝がはじめてだ」

「そうなのですか。となると、これは初物ですね」

菊の目が輝いている。

「そなたも、夫を亡くして二年と聞くが、この二年、どうなのだ」

「魔羅をこうして目の前にしているのは、三年ぶりでしょうか」

「亡くなってから二年と言ったではないか」

「亡くなってからは二年です。けれど、勃たなくなってからは三年です」

「そうか」

「ああ、もう我慢できませんっ」

と言うなり、菊が先走りの汁が出ている鎌首にしゃぶりついてきた。

五

「あっ……」

あっという間に、喜三郎の鎌首は菊の口に咥えられていた。

鎌首が菊の口の粘膜に包まれる。

「いかんっ、いかんぞっ」

喜三郎はすぐさま魔羅を引いた。ねっとりと唾が糸を引く。

「はじめては、美緒どのと決めているのだっ」

「美緒様がこうして尺八を吹いてくださるかどうか、わかりませんよ」

「えっ……」

「その美緒様はとても品のいいお方なのでしょう」

「まあ、そうであるな」

「そのようなお方が、魔羅をしゃぶるなど、なさいますでしょうか」

「それは、しないかもな……」

「それなら、今尺八されても、美緒様を裏切ることにはならないでしょう、香坂様」

そう言って、菊が再び鎌首を咥えようとした。

ならぬ、と腰を引いたが、菊がぱくっと咥えてきた。またも鎌首が菊の口の粘膜に包まれる。今度はすぐさま、菊がじゅるっと唾を塗《まぶ》して吸ってきた。

「おうっ……」

快美な痺《しび》れを受けて、喜三郎はうなる。

確かに、美緒どのがわしの魔羅を口にすることはないのではないか。美緒どのが菊のように鎌首を咥えるなど、想像すらできない。

菊が唇を下げてきた。反り返った胴体まで咥えこむ。

「な、ならん……」

と言いつつも、喜三郎は腰を引かなかった。というか、気持ちよくて引けなくなっていた。

この世に、こんなに気持ちのよいことがあるとは……。

国元では、悪所にはまっている同輩を何人も見てきた。まぐわいというのは、さほどよいものなのか。会ったばかりのおなごとまぐわって、気持ちよくなることなどあるのか、と思っていたが、今まさに会ったばかりの年増に魔羅を吸われ、喜三郎は腰を震わせるほどの快感の中にいた。

菊はさらに唇を下げて、ついに喜三郎の魔羅をすべて呑《の》みこんでしまった。

「う、うう……」

うめきつつ、頬を窪《くぼ》ませる。そして窪ませたまま、唇を引きあげていく。

「ああ、いかん……尺八はならんっ」

そう言いつつも、喜三郎は腰を引かない。その間に、菊が喜三郎の魔羅を貪《むさぼ》り食ってくる。

「うんっ、うっんっ……うっんっ」

菊の顔が上下する。そのたびに魔羅がとろけそうになり、腰をくねらせてしまう。

武士たる者、魔羅を吸われたくらいで腰をくねらせてはならん、と自制しようとするのだが、思わず腰を動かしてしまう。それくらい、菊の尺八は気持ちよかったのだ。

菊が鎌首から唇を引いた。

「ああ、おいしいです、香坂様」

「そうなのか。魔羅にも味というものがあるのか」

「ありますよ、香坂様。ああ、香坂様の魔羅は、形といい味といい、素晴らしいです」

そう言って、ぺろりと先端を舐《な》めてくる。それだけでも、喜三郎はううっと腰をくねらせてしまう。

「香坂様はどうですか」

裏のすじをあらためて指の腹でなぞりつつ、菊が聞いてくる。見あげる眼差しがそそる。これも尺八の快感のひとつかもしれない。

「どうって、なにがだ……」

ととぼける。

「気持ちいいですか」

「ま、まあな……」

喜三郎はまた、咥えてもらいたい、と思っていた。そんな目で、菊を見下ろしている。

「もっと、尺八を吹いてもいいですか」

「な、ならん……」

「そうですよね。美緒様がいらっしゃいますものね」

と言って、今度は裏すじから鎌首まで舐めあげてくる。

「ううっ……」

またも、先走りの汁が出る。しかもこたびは、どろりと大量に出た。

それを菊が喜三郎を見あげつつ、舐めてくる。桃色の舌が先走りの汁で汚れるのが、なぜかそそる。それはすぐに桃色に戻る。ということは、菊は喜三郎の先走りの汁を喉に入れているということになる。

あれも、うまいのか。どう考えてもまずいとしか思えぬが。

「どうしますか、香坂様。もっと、吹いていいですか」

「お菊はどうなのだ」

菊に問う。

「もちろん、もっと吹きたいです。こんなに素敵なお魔羅など、めったに吹けませんから」

喜三郎を見あげる菊の瞳が、ねっとりと絖っている。

「そうか。お菊が吹きたいのであれば、吹けばよい」

と、喜三郎は逃げた。

「美緒様にはよろしいのですか」

菊が聞いてくる。

「構わぬ。吹かないと、貸してくれぬのであろう」

「そうですね」

「では、吹け」

ありがとうございます、と言うなり、お菊は厚ぼったい唇を開き、先走りの汁が出ている鎌首を咥えてくる。

再び菊の口の粘膜に包まれ、喜三郎はうめく。

菊は一気に根元まで呑みこむと、上気させた顔を上下に動かしはじめる。と同時に、右手でふぐりをやわやわと揉み、左手で根元をしごきはじめた。

「ううっ……」

さきほどよりさらに気持ちよくて、喜三郎はうめく。

まずい。このままだと出してしまいそうだ。喜三郎は手すさびはやらない。武士の精汁は一滴一滴がとても大切なものだと思っていた。子を授かるために、妻の子宮《こつぼ》に放つために精汁はあるのだ。

だから、手すさびなどで、むやみに出すものではない、と思っている。

もちろん、これまで精汁を出したことがないわけではない。夢精だ。おなご相手にまぐわっている夢を見て、気がついたら下帯を汚していたことはある。

が、美緒が藩を出てからは一度も夢精はしていない。ということは、もう三カ月出していない。いや、それ以上だ。菊の言うとおり、たまりにたまっている。

それゆえか、菊の尺八を受けて、出しそうになっていた。

しかし、このまま町人の口に精汁を出すわけにはいかぬ。

「うんっ、うっん……うっんっ」

菊は喜三郎の魔羅を貪り食っている。このまま精汁を喉に欲しがっているように見える。

「ああ、そこまでだ、お菊……」

菊が咥えたまま、どうしてですか、という目で見あげてくる。

「出そうなのだ……」

そう言うと、菊が唇を引いた。ほっとしたが、違っていた。

「菊の口に出してください、香坂様」

と言う。

「そのようなこと、できぬ」

「私は構いません。むしろ、香坂様の精汁が欲しいです」

「武士の精汁は子だねであるのだ。妻の子宮に出してこその精汁なのだ。美緒どの以外のおなごの喉になど出すわけにはいかぬ」

そう言っている間、喜三郎の魔羅はずっとひくひく動いていた。さらなる先走りの汁も大量に出てきている。

「その大切な精汁を、菊の口にください。飲みたいです」

右手で胴体をしごき、左手の手のひらで鎌首を包みつつ、菊がそう言う。

「の、飲みたいだとっ……精汁をかっ」

「はい。江戸のおなごは、みな飲みます」

「そうなのかっ」

やはり、江戸は恐ろしい。いや、国元でも飲んでいるのだろうか。喜三郎が知らなかっただけなのか。

精汁をおなごが飲む……喜三郎はつい、菊の唇を見てしまう。あの中に精汁をぶちまける。

魔羅がさらにぴくぴくと動き出す。

「菊にください」

「ならぬ……」

くださいっ、と菊が鎌首にしゃぶりついてきた。鎌首のくびれで唇を止め、締めてくる。

そして、鎌首だけをじゅるっと強く吸ってくる。その間も、ずっと根元をしごいている。

「ならぬ……ならぬぞっ」

と言いつつも、喜三郎は腰を引かない。魔羅がとろけそうな快感から逃れることは無理だった。ならぬ、と言っているのは、許婚への言い訳にすぎない気がする。

また、菊が顔を上下させはじめた。根元まで咥え、そして鎌首のくびれまで吸いあげてくる。

「ああ、ああっ、ならぬっ……」

もうだめだっ、出そうだっ、と覚悟したとき、喜三郎の脳裏に美緒の美貌が浮かんだ。気品にあふれた美貌を、悲しそうに歪《ゆが》めている。

「美緒どのっ、すまぬっ」

喜三郎は許婚に詫《わ》びを入れるなり、菊の口に暴発させた。

「おう、おう、おうっ」

外に洩れるような雄叫《おたけ》びをあげて、喜三郎は射精させる。

どくどく、どくどく、どくどくと凄《すさ》まじい勢いで精汁が噴射する。

「うっ、うう……」

それを菊はしっかりと受け止める。顔を引くことなく、むしろ脈動を続ける魔羅の根元まで咥えなおし、喉で精汁を受けつづける。

「あ、ああっ……ああっ」

喜三郎にとって、下帯以外に出したのは、はじめてのことであった。おなごの口に出す快感はもう、この世のものではなかった。

魔羅だけではなく、全身の肉という肉がとろけてなくなりそうだった。

ようやく、脈動が鎮《しず》まった。が、菊は唇を引くことなく、魔羅を吸ってくる。

「ああっ……」

喜三郎は我に返った。

美緒どのっ。

すまないっ、と謝りつつ、菊の唇から魔羅を抜く。すると、どろりと菊の唇から精汁があふれてくる。

それを、菊は手のひらを出して受け止めた。

唇を閉じ、あごを反らすと、白い喉をごくんと動かした。

「ま、まさか……飲んだのか……」

菊が喜三郎を見あげつつ、唇を大きく開いてみせた。

大量にぶちまけた精汁の欠片《かけら》も見えず、赤い喉だけが見えた。

「たくさん、いただき、ありがとうございました」

そう言うと、今度は手のひらに垂れていた精汁を、ぺろりと舐め取っていく。

「なんてことだ……」

半勃ちの魔羅が、ひくひくと動いた。

六

菊が初音の家の外から声をかける。

すぐに腰高障子が開かれて、初音が顔を見せた。相変わらず、どきりとするような美貌である。

「香坂様、今宵より、お隣に住むことになったから、この長屋の用心棒もやってくださるから、安心してね。とても頼もしいお方だから」

そう言って、菊が艶《つや》めいた目で喜三郎を見つめる。

その目を見て、初音が、あらっ、という顔になる。

違うのだ、初音どのっ。それは誤解だ。大家とはなにもないのだ。いや、なにもないことはないか……尺八されて、武士として大切な子だねを出してしまった。

なんたる不覚。まさか、わしがおなごの色香に負けてしまうとは……。

悪所に溺《おぼ》れる同輩たちとは違うと思っていたが、なにも変わらなかった。

「初音と申します。よろしくおねがいします」

初音のほうから、丁寧に頭を下げていた。

「香坂喜三郎と申す。よしなに頼む」

喜三郎は右に初音、左に奈美と咲良に挟まれ、江戸で暮らすことになった。

第二章　水茶屋の看板娘

一

朝、咲良を両国広小路の茶屋に送り、それから江戸を歩きまわったあと、裏長屋に戻り、奈美が拵《こしら》えてくれた握り飯を食い、そしてまた、夕方まで江戸市中を歩きまわる日々を送っていた。

裏長屋は、通称お菊長屋だというのです、と咲良に教えてもらった。

美緒の姿はいまだ捉えることはできていなかったが、とりあえず寝るところと食い物を確保して、江戸に腰を据えて探索できる状態になっていた。

主《あるじ》を捨てて第一に思ったことは、やはり武士は恵まれているということだった。主に仕えていれば、住むところも、食べ物も、着るものにも困ることはない。が、一浪人となってしまえば、すべて自分でどうにかしなくてはならない。そもそも、町人たちはそんな暮らしをしているのだ。だから、町人はたくましいのか。

昼下がり、お菊長屋でしばし休んだあと、喜三郎はいつもとは違う方角に向かった。いつもは、まっすぐ両国広小路へと向かうのだが、もしや本所の奥地に美緒がいるかもしれぬ、と考えたのだ。

亀戸《かめいど》のほうに向かっていくと、寺があった。山門からのぞくと、寂れている。廃寺のようだ。

喜三郎は剣の稽古《けいこ》で汗を流そうと参道へと入っていった。落葉が参道を埋めていたが、ひとすじ人が踏んだ跡があった。

本堂の前に人影が見えた。おなごだった。諸肌脱《もろはだぬ》ぎのおなごが素振りをしていた。剝《む》き出しの白い肌が眩《まぶ》しい。

喜三郎は鎖骨《さこつ》や二の腕の肌に引きよせられるように、落葉を踏んで近よっていく。

「あれは……初音さんでは」

喜三郎の足が止まった。

大刀を振っているのは、初音であった。横向きで一心不乱に大刀を振っている。

喜三郎は参道の端に移動した。端にはずらりと大木が並んでいた。大木の陰に身を隠しつつ、隙《すき》を見て、迫っていく。

しゅっしゅっと空を切り裂く音が聞こえてくる。

はあっ、はあっ、という息づかいも聞こえ出す。

諸肌脱ぎであったが、胸もとには白い晒《さらし》が巻かれていた。が、乳房はかなり豊満で、そのふくらみの半分近くが晒からはみ出ていた。

初音……あんなに乳が……乳首がのぞきそうではないか……。

初音の太刀《たち》さばきはかなり堂に入っていて、かなりの遣《つか》い手だと感じた。

やはり、ただ者ではない。お菊の裏長屋に暮らしているのには、深い訳がありそうだ。

初音が素振りをやめた。諸肌脱ぎのまま、井戸端へと向かう。今日は終わりのようだ。喜三郎は大木の幹から幹へと移動して、井戸端へと向かう。

井戸端のそばの大木の幹の裏手に入る。そして、そっと井戸端をのぞいた。

初音が右腕をあげて、左手で持った手ぬぐいで二の腕の汗を拭いていた。左右の腕とも、ほっそりとしていて、か弱かった。

さっきの素晴らしい太刀さばきがうそのような華奢《きやしや》な腕だ。

初音がさらに腕をあげて、腋《わき》の下をあらわにさせる。そこには、和毛《にこげ》のような毛が生えていた。汗でべったりと腋の下のくぼみに貼《は》りついている。

なぜか、初音の秘所を見てしまったような、いけない気持ちになる。

やはりおなごの腋の下は、おのが腋の下とは、同じ毛が生えていても違う。男の腋の毛は煩《わずら》わしいだけだが、おなごの腋の和毛はなんとも言えない風情《ふぜい》というか、色香があった。

喜三郎は思わず、初音の腋の下に見惚《みと》れてしまう。

そこの汗を拭《ぬぐ》うと、初音が晒に手をかけた。

まさかっ、取るのかっ。

乳を見せるのかっ。

いや、初音には乳を見せるという気はないだろう。そもそも、ひとりきりなのだから。こうしてのぞいている喜三郎が悪いのだ。

しかし、おなごの身で寺の井戸端で乳を出してもよいのか。

初音は晒を解《ほど》いていく。もうすぐ、乳房のすべてがあらわれると思うと、喜三郎は落ち着かなくなる。すでに奈美の乳房を目にしていたが、初音の乳房となると、また格別だ。

今にも晒が取れそうになったとき、初音がふいに手を止めた。気づかれたか。

喜三郎はとっさに顔を幹の背後へと引っこめていた。剣の修行でつちかった鋭い勘と、すばやい動きだ。

ふた呼吸置いて、また井戸端をのぞく。すると、初音の胸もとから晒がはずされていった。

たわわに実った乳房があらわれた。それは見事なお椀形《わんがた》をしていた。品のよい小袖《こそで》姿からは想像もできない豊満さだった。

乳首は奈美と違って、とがっていなかった。乳輪に眠っている。谷間は深く、汗ばんでいた。

乳をあらわにさせたまま、初音が桶《おけ》を井戸の底に投げる。すると、乳房がゆったりと揺れた。

その魅惑の揺れ方に、喜三郎の目は釘《くぎ》づけとなる。乳というのは、そのままでいてもよいが、揺れるとさらによいことを知る。

初音が縄を引いて、桶を汲《く》みあげる。か細い二の腕に、力こぶが浮くことはない。あくまでもしなやかな曲線を見せている。

桶を汲みあげると、その場にしゃがみ、木綿《もめん》の手ぬぐいを浸す。そして絞ると、乳房の汗を拭いはじめる。

しゃがんだままなので、ちょっと見づらい。喜三郎は思わず、身を乗り出してしまう。すると、初音がこちらを見た。

そのときには、喜三郎は幹の背後に隠れていた。

「誰っ」

喜三郎はそのままでいた。初音がこちらにやってきたら、おしまいである。

が、初音はこちらには来なかった。再びのぞきたかったが、喜三郎は我慢した。

背中をつけた幹のうしろで、乳房をまる出しにさせている初音がいると思うと、それだけで下帯《したおび》の中が疼《うず》いた。

二

夕刻、いつもどおりに、喜三郎は咲良を迎えに茶屋に来ていた。

日暮れとともに店は閉じるが、いくつも並べられた床几《しょうぎ》にはまだ大勢の男たちが座っていて、団子を食べていた。

前垂れをかけた咲良や小春が愛想を振りまきながら、客たちの間をまわっている。みな、少しでも咲良や小春と話したくて、飲み飽きた茶を頼んでいる。団子はそうそう食えないが、お茶ならいくらでも飲めるというわけだ。咲良が喜三郎に気づいた。すると、向日葵《ひまわり》が咲いたような笑顔を見せる。それを見て、客の男たちが、なんだっ、と喜三郎をにらみつけてきた。

これはまずいのではないのか。小春も喜三郎に気づくと、とびきりの笑顔を向けてくる。

なにっ、どうしたっ。

国元で、おなごからこのような笑顔を向けられたことなどなかった。江戸の町娘はとにかく愛想がよい。裏長屋のおなごたちもみな、会えば喜三郎に笑顔を向けてくる。

小春が寄ってきた。

「今日はなかなか帰らないお客さんが多くて。もう少し待っていてくださいね」

愛らしい顔を寄せて、そう言ってくる。

おとついから、小春も途中までいっしょに帰るようになっていた。咲良ほどの美形ではないが、小春も充分愛らしい顔だちをしている。実際、笠原では、咲良の次に人気があるらしい。

「わかった。ほら、戻ったほうがよいぞ」

客たちがみな、喜三郎をにらみつけている。

「大丈夫です。やきもきさせたほうがいいんですよ」

と言って、舌を出す。

そういうものなのか。単純に喜三郎に笑顔を向けていたわけではなかったのだ。

やはり、江戸のおなごは恐ろしい。

小春が店に戻る。するとすぐさま、男たちが小春を手招きする。小春がこちらを見て、そうでしょう、と目で告げる。

喜三郎は少し茶屋から離れて待つ。

するとどうしても、初音の乳房が脳裏に浮かんでくる。太刀さばきの鋭さに感嘆していたが、それよりも乳房の美しさ、豊満さに心を奪われている。

初音の乳房のことを思っていると、いつの間にか茶屋は閉じていた。

「お待たせしました」

咲良と小春が並んで笑顔を向けてくる。

「いや……」

ふたりに同時に見つめられ、喜三郎はどぎまぎしてしまう。こういう状況になかなか慣れない。

「行くか」

咲良と小春が並んで歩き、その背後を喜三郎が歩く。

あれからまた、浅草の人気の茶屋娘がさらわれたらしい。わかっているだけでも、これで四人、さらわれていた。

咲良に、しばらく茶屋は休んだほうがよいのではないか、と聞いたが、昼間は茶屋にいたほうが安心で、行きと帰りは香坂様がいるから安心です、と言う。

——それに、お武家様を従えて茶屋に通うなんて、なんか、お姫様になったような気がしていい気分なんです。

とも言った。

咲良と小春はなにやら楽しそうに話しながら歩いている。

両国橋を渡り、本所に入る。すると途端に、道行く人の姿が減る。

「じゃあ、私はここで」

と、小春が言う。喜三郎と咲良の住むお菊長屋は右手に曲がるが、小春の住む裏長屋は、まだまっすぐ行った先にある。

「じゃあ、また明日ね」

咲良が小春に手を振る。小春は手を振り返し、そして、

「ありがとうございました」

と、喜三郎に頭を下げる。するとうなじがのぞき、どきりとする。

「また、明日であるな」

小春はまっすぐ歩き出し、喜三郎と咲良は右手に曲がった。するとすぐに、きゃあっ、と悲鳴があがった。

喜三郎は、すぐさま走り出した。

本道に出て、小春が向かった方向に目を向ける。すると、ふたりの男が小春を追っていた。

「待てっ」

喜三郎が叫ぶと、小春が振り返った。

「ああ、香坂様っ」

「立ち止まるなっ」

と叫ぶが、ふたりの男が小春に追いついた。

「いやいやっ」

両腕をつかまれ、小春が抗《あらが》う。すると背後から、きゃあっ、と悲鳴があがった。

「なにっ、咲良さんっ」

まずいっ。これは陽動であったか。

「助けてっ」

背後より咲良の声が聞こえる。

すぐにも咲良を助けに行かねばならぬが、このまま小春を放《ほう》っておいてよいわけでもない。

「助けてっ」

という悲鳴が背後より聞こえるなか、喜三郎は腰から大刀を抜くなり、小春の腕をつかむ男たちに向かっていった。

浪人者のひとりが小春の腕を放し、腰から大刀を抜こうとした。が、構える前に、喜三郎が放った小手が浪人者の手の甲を砕いた。ぎゃあっ、と叫び、大刀を落とした男の腹を喜三郎は峰で払った。

ぐえっ、と倒れる。すると小春が、

「香坂様っ」

と抱きついてきた。もうひとりは、と見ると、逃げている。

「咲良さんをっ」

と言い、喜三郎は走り出す。助けを求める声は聞こえてこない。相手の狙《ねら》いは小春ではなく、咲良だったのだ。

しくじったか。

本道を左に曲がり、駆けると、思わぬ光景を目にした。

「初音……さん……」

初音が三人の浪人者たちと対峙《たいじ》していた。木刀を持ち、構えている。一方、浪人たちは誰も刃《やいば》を抜いていない。初音の足下に、咲良が崩れていた。気を失っているようだ。

「おまえも、かなりの美形じゃないか」

「このおなごも持ち帰れば、かなりの金になるかもしれぬぞ」

「そうだな。それがよい。生け捕りだ」

と言うなり、先頭の浪人者が素手で初音に突っかかっていった。すると、初音が木刀を振った。浪人者は避けたつもりだったのだろう。が、見事に脳天を捉えていた。

「ぐえっ」

とうめき、背後に倒れる。

「このアマっ」

ふたりが同時に大刀を抜いた。峰に返すと、右手の浪人者が初音に斬《き》りかかる。

初音はぎりぎりで体《たい》をかわすなり、浪人者の手首を木刀でたたいた。骨の折れる音がして、ぎゃあっ、と浪人者が叫ぶ。

「このアマっ、舐《な》めたまねしやがってっ」

左手の浪人者が初音に斬りかかっていく。初音は顔面に迫る刃をすり抜け、がら空きの腹を木刀で打つ。

ううっ、と浪人者がうめく。初音はその場で飛ぶなり、浪人者のうなじに木刀を打ち下ろした。ぐえっ、と前のめりに倒れていく。

手首を折られた浪人者は反撃することもできず、覚えておけっ、と言い捨てると、駆け出した。

「見事だ、初音さん」

「香坂様、ご覧になっているだけではなくて、助太刀してくださらないと。私は木刀ですよ」

「助太刀には及ばぬと思ってな」

「及びますよ」

初音がなじるような目を向けた。いつも凛《りん》としている初音のそんな表情を見るのははじめてで、新鮮な刺激を覚えた。

「うーん」

咲良がうめいた。すると、初音が喜三郎のそばに寄ってきて、

「私が助けたことは内緒でおねがいします」

と、耳もとで囁き、木刀を喜三郎に渡した。

「なぜだ……」

「おねがいします」

息のかかるほどそばで、初音のすんだ瞳で見つめられ、喜三郎はどぎまぎする。

その間に、咲良が目を覚ました。

「大丈夫っ、咲良ちゃん」

と言って、初音が駆けよる。

「あっ、初音さんっ」

初音を見て、安堵《あんど》したような顔になり、そして地べたにふたりの浪人者が伸びているのを見て、

「いやっ」

と叫び、初音に抱きつく。

「もう、大丈夫よ。香坂様が成敗《せいばい》してくださったから」

「香坂様……」

初音の胸もとに美貌《びぼう》を埋《うず》めていた咲良がこちらを見た。木刀を手に、仁王立《におうだ》ちの喜三郎を見て、

「ああっ、香坂様っ」

と叫び、駆けよってくると、抱きついてきた。甘い薫《かお》りが鼻をくすぐり、股間が疼く。

「ありがとうございますっ。ああ、香坂様っ」

咲良は美しい瞳からぼろぼろと涙を流していた。

「遅れてすまなかったな」

「ああ……怖くて、気を失ってしまって……起きたら、香坂様が悪党をやっつけてくださって」

喜三郎は初音を見やる。初音は人さし指を唇に当てて、小さくかぶりを振る。

お菊長屋の連中は、初音が剣の達人だとは知らないようだ。そして、初音はそ

れを知られたくないらしい。ますます、訳ありなおなごである。

「あっ、これはっ」

大家の菊が姿を見せ、地面に倒れている浪人たちを目にして、目をまるくさせた。

「剛造《ごうぞう》親分を呼んできます」

と言って、菊が駆け出した。

と同時に、咲良ちゃんっ、と背後から小春の声がした。

「ああ、大丈夫だったのねっ」

と言いながら、駆けよってくる。

小春ちゃんっ、と今度は、咲良は小春と抱き合う。

「ああ、小春も香坂様に助けていただいたのっ……怖くて、こっちに来れなかった……」

「小春ちゃんも無事でよかった」

ふたりは涙を流しつつ、よかった、と頬《ほお》をこすりつけ合った。

三

二刻後（四時間後）。

喜三郎は煎餅布団《せんべいぶとん》の上で、咲良と向かい合っていた。喜三郎も咲良も薄い寝間着だけだ。

行灯《あんどん》の光が、咲良の横顔を照らしている。ふるえがくるような美形だ。緊張しきっている。

緊張しきっているのは、喜三郎も同じであった。なにしろ、これから咲良とまぐわわなければならないからだ。しかも、咲良は生娘《きむすめ》である。そして、喜三郎はおなご知らずだ。

おなご知らずであることは、大家の菊しか知らない。

なにゆえ、こうなったのか。

またも、さらわれそうになった咲良を助けたことを知った母の奈美が、礼をしたいと言ってきたのだ。

礼などいらぬ、と言ったのだが、礼をしないと気が済まない、と言い出し、咲良が、

――私の躰《からだ》がお礼です。

と言い出したのだ。それを奈美は止めるかと思ったが、違っていた。

――そうしなさい。香坂様に、おなごにしてもらいなさい。

娘の処女を礼として喜三郎にさしあげる、と言い出したのだ。

礼はいらぬ、と固辞すると、

――私のような町娘など抱きたくないのですねっ。

と、咲良が泣き出してしまい、

――咲良に恥をかかせるのですかっ。

と、奈美が怒り出し、収拾がつかなくなって、喜三郎は礼を受けることにしたのだ。

そして今、こうして向かい合っている。

大変なことになってしまった。そもそも、喜三郎は許婚《いいなずけ》の美緒で男になりたいと思っている。先日、不覚にも菊の尺八《しゃくはち》を受けて口に出してしまったが、まだお

なご知らずのままであった。

しかし、なんて愛らしい娘なのだろうか。咲良が働く茶屋に足しげく通う町人たちの気持ちもわからぬではない。しかも、恐らく乳房も母親譲りで豊満な気がした。薄い寝間着ごしに、胸が高く張っているのだ。

「香坂様……脱ぎますか……」

ずっとなにもしてこない喜三郎にじれたのか、咲良のほうから聞いてきた。

「いや、まだよい……」

時を稼ぎたかったが、稼いだとしても、解決するわけではない。喜三郎が咲良の処女花を散らす以外に解決はないのだ。

地震が起こることを待ったが、まったく揺れそうにない。今宵《こよい》は、どこからも半鐘《はんしょう》の音が聞こえない。

左隣の壁がこんこんとたたかれた。奈美だ。母親が薄い壁に耳を押しつけて、こちらの様子をうかがっているのだ。

「脱がしてさしあげます」

と、咲良が言った。脱がせろ、という母親からの合図のようだ。

いや、と断ろうとしたが、その前に咲良が迫り、寝間着の帯の結び目に手をかけていた。なかなかの早業である。

あっさりと結び目が解かれ、前をはだけられた。

喜三郎の上半身があらわになる。

「ああ、ぶ厚い胸板……あの、触っていいですか」

咲良が聞いてくる。断る理由も見つからず、うむ、とうなずくと、咲良が手を伸ばしてくる。そして、そっと胸板に手のひらを押しつけてきた。

「ああ、すごいです……」

感嘆の声をあげて、胸板を撫《な》ではじめる。すると乳首がこすられ、ぞくぞくとした快感を覚える。奈美の家に泊まった翌日に、井戸端で奈美に撫でられたときと同じだった。

もしかして、喜三郎は乳首が弱点だと母親から指南されているのかもしれない。

咲良はもう片方の手も伸ばしてきて、左右の胸板を同時に撫ではじめる。せつない刺激を覚え、あっ、と声を洩《も》らす。

それは小さな声だったが、恐らく奈美にも聞こえているはずだ。なにせ、紙のように薄い壁なのだ。ということは、もしかして、いや、もしかしなくても、右隣の初音の耳にも届いていることになりやしないか。

実際、咲良を助けたのは初音である。本来なら、初音が礼をもらうところである。初音だったら、奈美はどうしていたのだろうか。おなご同士で、乳くり合っていたのだろうか。

いや、それはない。万が一にも初音が応じることはないだろう。

咲良が胸板から手を引いた。

「乳首、勃《た》ってきましたね」

と、咲良が言う。見ると、確かに芽吹いていた。

「そうであるな」

と答えると、咲良が美貌を胸板に寄せてきた。あっと思ったときには、右の乳首が咲良の口の中にあった。そして、ちゅうっと吸われていた。

思わぬ刺激を受けて、喜三郎は不覚にも、

「あんっ」

と、おなごのような声をあげてしまった。しまったっ、奈美に聞かれた、と思ったが、すでに遅い。

敏感な反応に煽《あお》られたのか、咲良はなおも、ちゅっちゅっと喜三郎の乳首を吸ってくる。その吸い方がうまかった。

もしや、奈美に吸い方を指南されているのではないのか。まさか……いや、礼と言って、娘の処女を進呈するような母親なのだ。充分ありうる。となると、これから先も指南を受けている可能性が高い。

咲良が美貌をあげた。すぐに左の乳首に吸いついてくる。と同時に、自分の唾《つば》で塗《まぶ》した右の乳首をつまみ、ころがしはじめる。

「ああっ……」

またも、声をあげてしまう。乳首は確かに感じやすかった。

いかんっ。

武士として出してはならぬ声を、初音にも聞かれてしまったかもしれない。奈美のように聞き耳を立てていなくても、さっきの声は初音の耳に届いている可能性があった。

こんこんと左手の壁がたたかれた。すると、咲良がとがらせた乳首の根元に歯を当ててきた。そして、甘く嚙《か》んできたのだ。

「あうっ……うんっ……」

思わぬ責めを受けて、喜三郎はまたも声をあげてしまう。

まずいっ。声を出してはいかんっ。

咲良は左の乳首を甘く嚙みつづけつつ、右の乳首も軽くひねってきた。

「あんっ」

左右の乳首を同時に、強めに責められ、喜三郎はおなごのような声をあげてしまっていた。

喜三郎は、ほかにもおなごがいるかと思ったが、いるわけがなかった。四畳半なのだ。いるのなら、視界に入っている。ということは、おなごのような声は、喜三郎自身が出したことになる。

こんこんとまた壁がたたかれた。喜三郎はその音にも反応するようになっていた。あらたな責めが待っていると、無意識に期待していた。

実際、咲良は次の責めへと移った。胸板から美貌をあげると、はだけた寝間着を脱がせ、そして下帯に手をかけてきたのだ。

「そ、そこは、ならぬ……」

「どうしてですか。咲良の処女花は、魔羅《まら》でないと散らせません」

そんなことを言いつつ、下帯を解いていく。

ならぬ、と言いつつも、喜三郎はなにもしない。次なる刺激への期待が勝っていたのだ。

下帯を脱がされた。すると、魔羅がむくむくっと頭をもたげていく。

「ああ、ごりっぱな、お魔羅ですね、香坂様」

咲良は生娘だ。魔羅を見るのは、はじめてのはずだ。いや、はじめて泊まった翌日、井戸端で見ていたか。初音が手ぬぐいで隠すまでは、ずっと勃起させた魔羅をさらしていた。

そうだ。初音にもすでに勃起させた魔羅を見られているのだ。

初音のことを思うと、股間にあらたな血が流れた。それゆえか、咲良の鼻先で、天を衝《つ》いていく。

「ああっ、お武家様っ、ああ、大きいです……たくましいです」

「そ、そうか……」

美形の生娘に感嘆の声をあげられて、悪い気はしない。というか、おのが魔羅はそんなにおなごの目を楽しませることができるのか。

国元にいるときは、おなごにはまったく縁がなかった。美緒と結ばれることになっていたが、それは両家が決めたことで、美緒が望んで喜三郎に抱かれようとしているわけではなかった。

が、今江戸に来て、礼とはいえ、美形の生娘が喜三郎に喜んで抱かれようとしている。

「ご挨拶《あいさつ》していいですか」

じっと魔羅を見つめつつ、咲良が聞く。

「あ、挨拶……」

ならぬ、と言う前に、咲良がいきなり裏すじにちゅっと唇を押しつけてきた。

「ああ……」

いきなり急所とは、卑怯《ひきょう》であろう。これも間違いなく母親の教えだ。

咲良は、ちゅっちゅっと裏すじに口づけをしつづける。そのたびに、ひくひくと魔羅が動いた。

このままでは責められっぱなしである。それでは武士として、いや男として情けない。

こちらからも責めないと。いや、そうなると、まぐわいへと進むだけだ。はじめてのおなごは美緒と決めているのだ。

先端が、おなごの粘膜に包まれた。

「あうっ……」

咲良が鎌首《かまくび》を咥《くわ》えていた。くびれで唇を締め、喜三郎を見あげてくる。その瞳が妖《あや》しく濡れていて、どきりとした。

奈美や菊が色っぽい目をするのは、後家ゆえ当たり前だと思ったが、咲良はまだ生娘なのだ。それなのに、奈美や菊と変わらぬ色香に満ちた眼差《まなざ》しで、喜三郎を見あげている。

もしや、おのが魔羅が、おなごたちをそうさせるのか。いや、咲良は奈美の血を引く娘だ。魔羅好きの血が流れているのであろう。

咲良がさらに美貌を下げてきた。反り返った胴体まで咥えられる。

「うう……」

喜三郎は腰をくねらせていた。武士として、魔羅を吸われて腰をくねらせるなど、恥以外のなにものでもないが、幸い、ふたりきりである。

いや、そうではない。薄い壁を通して、奈美が聞き耳を立てている。そして、もしかしたら初音にも聞かれている。決して、ふたりきりではない。

こんこんとまた壁がたたかれた。それだけで、咲良の口の中で魔羅がひとまわり太くなった。

「うう……」

咲良が苦しそうにうめく。唇を引きあげると思ったが、違っていた。美貌を上下に動かしはじめたのだ。

「うんっ、うっんっ、う、うんっ」

悩ましい吐息を洩らしつつ、咲良が喜三郎の魔羅を貪《むさぼ》り食いはじめる。

さすがにお菊のような濃厚さはないが、それでも充分気持ちよい。このままだと、生娘相手にはやくも不覚を取ってしまう。

色っぽい後家相手では、不覚を取っても言い訳ができるが、生娘相手にこちらが先に出したとあっては、末代までの恥となる。

「うんっ、うんっ……」

美貌の上下が激しくなる。とにかく、強く吸っている。深くへこんだ頬がたまらない。吸うときは強く、と奈美に言われているのかもしれない。

気持ちよい。魔羅がとろけそうだ。が、まずい。気持ちよいのはよくないのだ。

しかし、こちらから魔羅を抜くのも、参ったと言っているようで恥ではないのか。

暴発はできない。かといって、こちらから魔羅を抜くこともできない。

喜三郎はうんうんうなりつつ耐えていた。

すると、咲良のほうから唇を引いた。

四

助かった。今にも出そうだったのだ。

咲良は、はあはあと荒い息を吐いている。

「ごめんなさい……吐き出してしまって……ああ、香坂様のお魔羅が……あまりにたくましくて……咲良、殿方の魔羅をおしゃぶりするの……生まれてはじめてで……口が疲れちゃいました」

と、はにかむような笑顔を見せる。

「はじめてなのか」

「はい……」

こくんと咲良がうなずく。

「母上に指南を受けたのか」

「いいえ……」

「受けていないのかっ」

どうしてですか、という顔で、咲良が喜三郎を見つめてくる。いきなりの、裏すじ責めからの鎌首吸い。てっきり奈美の指南があったと思っていたが、違うのか。となると、おなごの本能なのか。

「どうでしたか。気持ちよくなかったですか」

「よかったぞ、咲良さん。これを見ればわかるだろう」

先走りの汁が大量に出て、唾液《だえき》まみれの魔羅がひくひく動いている。今、ちょっとでも吸われたら、即暴発だろう。

しかし、こらちから抜くという、恥をかかずにすんだ。

「よかったです。たくさん、我慢のお汁を出してくださって」

咲良の頬が赤く染まっている。

こんこんとまた左の壁から音がした。どきんとする。魔羅もひくついた。

咲良が、はあっと羞恥《しゅうち》の息を洩らし、帯の結び目に手をかけた。

どうやら、脱げ、という合図のようだ。

ならぬ、と言う前に帯が解かれた。咲良が寝間着を肩から滑らせていく。

すると、乳房があらわれた。

「ほう、これは……」

やはり、奈美の血を引いていた。豊満なふくらみを見せている。乳首はわずかに芽吹いている。

「どうですか、咲良のお乳」

恥じらいつつも、聞いてくる。

「見事な乳だぞ、咲良さん」

「ありがとう、ございます……どうなさいますか、香坂様」

「ど、どうというと……」

「揉《も》みますか、それとも顔を埋めますか」

「顔を埋めるとな……」

揉むことしか頭になかったが、顔を埋めるかと聞かれると、埋めてみたい気になる。

「あっ、たくさん、お汁が」

と言うなり、腰巻だけとなった咲良が、膝立《ひざだ》ちの喜三郎の股間にあらためて美貌を埋めてきた。

ぺろぺろと鎌首を舐めてくる。

「ううっ……」

喜三郎は歯を食いしばって耐えていた。ここで出したら恥だ、と言い聞かせ、先走りの汁を舐め取られる快感に耐えつづける。

気持ちよいのを拒《こば》むことが人生にはあることを知る。武士というものは矜持《きょうじ》を失ってはならぬ。主を捨てた身であっても、武士は武士だ。

咲良が唇を引いた。唇の端に我慢汁がついていて、それをぺろりと舐め取る。

その仕草を見て、暴発しそうになる。咲良が唇を引いて、ほっとした隙《すき》をつかれた。

咲良も膝立ちとなった。そして、豊満なふくらみを寄せてくる。喜三郎の顔面にたっぷりと実ったふたつの山が迫ってくる。

喜三郎の視線は動かない。白いふくらみが視界を埋め、そして、やわらかなもので顔面を押さえられた。

「うぐぐ……」

顔面が乳房の谷間に埋まっていく。と同時に、甘い汗の匂いが顔面を包む。そして、左右の頬にふくらみを感じた。

咲良が左右から乳房を押してくる。完全に乳房に包まれた形で左右から刺激を受けていた。豊満な乳の持ち主でないとできぬ芸当である。

「ああ、ああ……どうですか、香坂様」

「う、うう……」

よいぞ、と答えたが、情けないうめき声にしかならない。

右手から、ごとっという音が聞こえた。

初音だっ。咲良の乳房に顔面を包まれ、情けない声をあげているところを聞かれてしまったっ。

いかんっ。明日、いったいどんな顔をして、初音と顔を合わせたらよいのか。

咲良が乳房を引いた。はあっ、と今度は、喜三郎が深呼吸をする。

「あの……腰巻、どうしますか」

咲良が聞く。

「どうするか、と言うと……」

「脱いでもいいんですけれど、殿方は自分で脱がせたいのかな、と思って……」

脱がせたい。が、武士たる者、町人の娘の腰巻を脱がせたいなどと口にしてはいかん。なにしろ、隣で初音が聞き耳を立てているのだ。

どう考えても、初音はどこぞの武家の娘だ。しかも、かなり位が高い娘のように見える。そんな娘に、腰巻を脱がせたい、などという言葉を聞かれたら、もうおしまいである。

「いや……好きにすればよい」

本来なら、ここまでだ、寝間着を着るがよい、と言わなければならなかった。そう言うつもりであった。が、腰巻の中身を見たいという欲望には勝てなかった。わしも男なのだな、と喜三郎は思った。

こんこんと壁をたたく音がした。その音を聞き、はあっ、と咲良が火の息を洩らす。そして立ちあがると、腰巻に手をかけた。

ちょうど、行灯の明かりが腰巻に当たっている。いや、ちょうど当たっているのではなく、ちょうど当たるところに立ったのだ。

咲良が腰巻を取った。咲良の恥部があらわになる。

「おうっ、これはっ」

喜三郎は感嘆の声をあげる。

これが、おなごの一番おなごらしいところなのかっ。

恥毛は薄いほうなのではないだろうか。なにせ、はじめて目にするからほかと比べようがないが、そんな気がする。

すうっと通ったおなごの割れ目が、ほぼ剝き出しとなっている。脇には和毛ほどの恥毛しかない。そして割れ目の上に、ひと握りの陰りがあるだけだ。

喜三郎は瞬《まばた》きも惜しんで、咲良の恥部を凝視している。

「ああ、そんなに珍しいですか、香坂様」

あまりに凝視しつづけているから、そう思ったのだろう。おなご知らずとは思われたくはない。咲良もだが、なにより初音に知られたくない。

そうだ。初音が聞いているのなら、ここで、わしの男としての力量を見せつける機会だ、と気づいた。

見事咲良の処女花を散らせるだけではなく、ひいひいよがらせてみせるのだ。咲良が気をやりまくる声を、初音に聞かせるのだ。

「い、いや……きれいだから、見惚れていたのだ」

「そんな、きれいだなんて……」

立ったまま、咲良が下半身をもじもじさせる。

「ひろげてよいか」

と、咲良に聞く。

「ひ、ひろげる……足を、ですか」

「いや、ここだ」

たまらず、喜三郎は咲良の、処女の扉に触れていた。

「あっ……」

声をあげ、咲良が腰を引く。裏すじからいきなり舐めるようなおなごでも、やはり生娘なのだ。

「いかぬか」

「い、いいえ……香坂様に……咲良の花びら……見てもらいたいです」

「そうか。では」

喜三郎はあらためて、咲良の割れ目に指を伸ばし、花唇に触れる。

「あ、ああ……」

咲良ががくがくと、すらりと伸びた足を震わせはじめる。

「真《まこと》によいのか。わしはおなごに無理強《じ》いするつもりはないぞ」

するとまた、こんこんと左の壁がたたかれた。さっきまでとは違い、かなり強かった。

「ああっ、開いてくださいっ。おねがいしますっ」

と、咲良が言う。見あげると、鎖骨まで赤くさせている。

「では」

と、処女の扉をくつろげていった。

「ああっ」

咲良が羞恥の声をあげるとともに、喜三郎の目の前に花びらがあらわになった。

行灯の明かりに、そこだけが浮かびあがって見える。

「こ、これはなんとっ」

割れ目を目にしたとき以上の感嘆の声をあげる。

「花びらだっ。まさに、肉の花びらだっ」

思わずそう叫ぶ。

「ああ、ああ……恥ずかしいです」

「恥ずかしがることはないぞ、咲良さん。きれいだ。穢《けが》れを知らぬ花びらだっ」

喜三郎は思わず、咲良の恥部に顔を埋めていた。

「あっ……」

ぐりぐりと鼻を処女の花びらにこすりつける。

咲良のそこは、しっとりと濡れていた。ふだん咲良からふと薫ってくる匂いを濃くしたような匂いに包まれていた。もしや、ふだん嗅《か》ぐ薫りは、ここから出ているものなのか。

「あっ、ああっ」

ぐりぐりと押しつけていると、いきなり咲良が甲高《かんだか》い声をあげた。

どうしたのだ、と思いつつ、なおも顔面を押しつけていると、はあんっ、と咲良が甘い声を洩らす。

おさねか、と喜三郎は気づいた。知らずしらず、額で咲良のおさねをこすりつけていたのだ。

五

喜三郎は顔面を引きあげた。

右手の指で割れ目をひろげたまま、おさねを探す。

確か、割れ目の上にあると大畑が言っていたはずだ。江戸で美緒を見かけたと文《ふみ》を送ってくれた大畑には、国にいるとき、よくおなごの話を聞かされていた。

どこだ、と割れ目の上を見る。

あった。小指の先よりさらに小さな肉の芽が息づいていた。これだな、と喜三郎は肉の芽を撫でる。すると、

「あっ……」

咲良が声をあげた。その反応を見て、これがおさねであると確信する。おさねはおなご一番の急所だ、と大畑が言っていた。

美緒どのと肉の契《ちぎ》りを結ぶおりには、しっかりとおさねを愛《め》でるように、と言って、大畑は江戸勤番へと向かったのだ。

大畑、おまえの指南、美緒どのには使っていないが、こうして役に立ったぞ。

喜三郎は大畑に感謝しつつ、おさねを摘《つ》まんだ。

——愛でるときは、とにかく優しくだ。無骨な指でいじるのだからな。優しく、優しくだ。

大畑の指南が脳裏に浮かび、喜三郎は優しく優しくといじりはじめる。すると、

「あっ、あんっ……」

咲良がなんとも言えない甘い声を洩らす。

ほう、よいぞ。

こちらの愛撫《あいぶ》に咲良が応《こた》えてくれている。それがなんともうれしい。なんとも昂《たかぶ》る。

——まぐわいというのは、剣術と同じだ。相手との呼吸が大切だ。

そうだ。呼吸だ。喜三郎は咲良の喘《あえ》ぎ声に集中して、それに合わせて、おさね

をいじる。

「ああっ、はあっ、あんっ」

あらわなままの無垢《むく》な花びらから薫る匂いに変化を感じた。見ると、大量に出てきた蜜《みつ》で続光《ぬめひか》っている。それだけではない。花びらが蠢《うごめ》きはじめていたのだ。

それは喜三郎を誘うような動きであった。

おなごというのは、割れ目の奥でも男を誘うのかっ。

――愛撫というのは、単調ではだめだぞ。いじるだけではなく、舐めたり、吸ったりしてやるものだ。

大畑の指南の言葉が、次々と蘇《よみがえ》ってくる。

そうか。単調ではならぬか。そうだ。さきほど咲良に乳首を舐められたとき、甘く噛まれたではないか。あれはたまらなかった。咲良も生娘でありつつ、変化をつけているのだ。

わしもおさねを噛むか。いや、その前に吸うのだ。

喜三郎は咲良の股間にあらためて顔面を押しつけていった。こたびは、おさねを狙いだ。おさねを口に含むなり、ちゅっと吸った。

「ああっ、香坂様っ」

咲良が甲高い声をあげた。

やはり、おさねだ。やはり、変化だ。喜三郎は、ちゅうちゅうとおさねを吸いつづける。

「あ、ああっ……ああっ……い、いい……おさね、気持ちいいです、香坂様っ」

咲良が喜びの声をあげる。

そうか。気持ちよいか、咲良っ。

喜三郎はおさねをしつこく吸いつつ、人さし指を開いた割れ目の中に忍ばせてみる。そこはぬかるみのようになっていた。さらに蜜を出しているのだ。

喜三郎は処女膜に気をつけて、花びらをいじる。

「あ、ああっ、あああっ」

咲良の喘ぎ声が大きくなる。左の壁の向こうの奈美はもちろん、右の壁の向こうの初音の耳にも届いているはずだ。

そろそろ噛むか。喜三郎はおさねの根元に歯を当てた。

いやしかし、わしの乳首とは違う。おさねはとても繊細《せんさい》なものではないのか。おさねを舐められるのは、はじめてだろう。軽くとはいえ、噛んでもよいものか。いきなりしらけてしまうやもしれぬ。

「あ、ああ……」

咲良が自ら腰をせり出してきた。ぐりぐりとまわしはじめる。

おさねを吸ったまま見あげると、もどかしそうな目で喜三郎を見下ろしている。

もっと強い刺激が欲しいのか。

喜三郎はうかがうように、おさねの根元に当てている歯をほんのわずか動かした。すると、

「あうっ……」

咲良がうめき、さらにぐりぐりと股間を押しつけてくる。

これはもっと嚙んで、という合図なのではないか。

——まぐわいというのは、剣術と同じだ。相手との呼吸が大切だ。

またも大畑の指南が蘇る。

そうだ。呼吸だ。

咲良はもっと強い刺激を欲しがっている。ならば、与えるのだっ。

喜三郎は咲良のおさねを甘嚙みした。すると、

「あああっ、あああっ」

咲良の腰ががくがくと震えはじめる。喜三郎は両手を咲良の尻にまわし、押さ

えつつ、甘噛みを続ける。

「ああ、なにっ、変ですっ……咲良、変になりそうですっ」

咲良が舌足らずに訴える。これは、気をやりそう、ということではないのか。

あと、ひと押しか。もっと強く噛んだほうがよいのか。いや、相手は生娘なのだ。さすがにまずいだろう。

「ああ、香坂様っ、咲良、咲良っ……ああ、どうなるのですかっ」

気をやるがよいっ、と思いっきりおさねを噛んだ。すると、

「ぎゃあっ」

と叫び、咲良が瑞々《みずみず》しい裸体を痙攣《けいれん》させた。

「ちぎれるっ」

と叫び、その場にしゃがみこんだ。

しくじったかっ。

「咲良さんっ、大事ないかっ」

「ああ、おさねが、おさねがヒリヒリします」

咲良は泣きそうな顔をしている。それでいて、上気させてもいた。裸体全体にあぶら汗がにじんでいる。

「すまぬっ」

喜三郎は煎餅布団に咲良を寝かせると、股を開き、あらためて股間に顔を埋めた。おさねを慈《いつく》しむようにぺろぺろと舐めはじめる。すると、

「ああああっ、ああああっ」

再び、咲良が甲高い声をあげはじめた。痛みを癒《いや》すためのぺろぺろ舐めに、感じているようだ。

喜三郎はそのまま懸命に舌を使った。ひたすら、傷を癒すようにぺろぺろとおさねを舐めていく。

「ああ、あああっ、また、また変になりそうですっ」

咲良がさらに甲高い声をあげはじめた。すでに左右の壁はおろか腰高障子も突き破って、咲良の声がお菊長屋中に届いているだろう。

となると、みなが喜三郎と咲良のまぐわいを、聞き耳を立ててうかがっていることになる。

しくじってはならぬっ。

町人の生娘ひとり満足させられなければ、末代までの恥となる。

喜三郎は今は亡き父を思い、ひたすらおさねを舐めつづけた。

「ああ、ああっ、香坂様っ……ああ、ああ、咲良、咲良っ……あ、ああっ、い、いくっ……いくいくっ」

ついに咲良がいまわの声をあげ、がくがくと下半身を痙攣させた。

やったぞっ、と喜三郎は心の中で叫んだ。

咲良の割れ目から、今までとは違った匂いがにじみ出てくる。男を、いや牡《おす》を誘うような匂いであった。

喜三郎は咲良の恥部から顔をあげた。

「どうであるか」

「ああ……宙に浮いている気分です、香坂様」

咲良は瞳を開いたが、焦点が合っていなかった。

喜三郎は鎌首を咲良の割れ目に当てていった。ここまで来たら、もう繋《つな》がるしかない。美緒がはじめてのおなごだと決めていたが、ここで逃げて恥をかくわけにはいかぬ。きっちりと処女花を散らし、咲良に歓喜の声をあげさせるのだ。

すまぬ、美緒どのっ。

「では、参るぞ」

喜三郎は鎌首を割れ目にめりこませていった。

六

めりこむかと思ったが、すぐに鎌首が割れ目から出た。喜三郎は狙いを定め、もう一度、鎌首を押しつける。が、またもはずしてしまう。

咲良は目を閉じて、じっと待っている。

あせりは禁物だ。そうだ。これこそ剣に通じる。あせってむやみに剣を振りまわしても、相手を仕留めることはできない。

邪念を捨てるのだ。わしはおなご知らずだ。一発で仕留めるのは無理なのだ。深呼吸をして、無になるのだ。

初音や奈美、そしてお菊長屋のおなごたちによいところを見せようなどと思ってはならぬ。無になって、咲良を突き刺すだけだ。

喜三郎は目を閉じた。そして、腰を突き出していった。

すると、鎌首がめりこんだ。ここだっ、とぐっと腰を突き出していく。

「あうっ……」

先端がなにかに触れた。これが処女の膜ではないか。

喜三郎は目を閉じたままでいた。すると、脳裏にさきほど目にした薄い膜が浮かんだ。

これだっ、と腰を突き出した。

「ひいっ」

咲良が絶叫した。

薄い膜はあっけなく突き破られた。

喜三郎はそのまま野太い鎌首をめりこませていく。咲良の穴は狭かった。

いや、はじめて入れるから判断はつかない。これが普通なのかもしれない。わからないが、とにかく狭く感じた。

「い、痛い……」

痛みを訴える声に、喜三郎は目を開く。咲良が苦悶《くもん》の表情を浮かべていた。

「抜くか、咲良さん」

「いいえ……このままで……」

「しかし、痛むのであろう」

「うれしい、痛みです……痛いけど……うれしいんです」

うれしい、と咲良が口にするたびに、咲良の穴がきゅきゅっと締まった。

「ううっ」

喜三郎は思わずうなる。

「香坂様、痛みますか」

「いや、逆だ。気持ちよいのだ。咲良さんには悪いが、わしは気持ちよいのだ」

「うれしいです」

咲良が引きつった笑顔を見せる。かなり痛むようだ。まあ、それはそうだろう。無垢な花びらが、丸太のような肉の棒でえぐられているのだから。

喜三郎は魔羅を見た。まだ三分の一ほどが咲良の中に入っているだけであった。

もっと、埋めこまねばと、ぐぐっと突き出していく。

「う、うう……」

咲良が眉間《みけん》に深い縦皺《たてじわ》を刻ませる。

咲良には悪いが、美形だと苦悶に耐えている表情もそそる。むしろ、笑顔よりも昂る。

さきほど、気をやらせておいてよかった、と思う。ただただ痛いだけでは、まぐわいが嫌いになるのではないか。

半分ほど埋めこんだところで、喜三郎は動きを止めた。なぜか。出そうになってきたからだ。

まだ狭小の穴に入れているだけだったが、それだけでも、かなりの刺激を魔羅に受けていた。特に、鎌首はたまらない。裏のすじもさきっぽも、なにもかもに、咲良の粘膜がぴたっと貼りつき、くいくい締めてくるのだ。

動きを止めても締めつけは止まらず、気を抜くと暴発しそうになる。

それはいかぬ。処女膜を破ることはうまくいったが、まだ入れたばかりなのだ。初音、奈美、そしておなごたちが聞き耳を立てているなか、あっさりと終わるわけにはいかぬ。

お菊のときは、なにもかもはじめてで不覚を取ったが、今宵は不覚を取るわけにはいかぬ。

喜三郎は肛門に力を入れて、ゆっくりと魔羅を引きあげはじめる。すると、鎌首が逆向きに刺激を受ける。

ううっ、と喜三郎は気持ちよくてうめき、うんっ、と咲良はつらそうにうめく。

「痛むか、咲良さん」

「ううん……大丈夫です」

そう言って、喜三郎を見あげる咲良の瞳が濡れている。涙のようで涙ではないように見える。黒目がきらきらと光り、感じてもいるように見える。

喜三郎はさらに魔羅を引きあげた。ぴたっと貼りつくおなごの粘膜も、いっしょに動く。そして、今度はゆっくりと埋めこんでいく。

「あう、うう……」

咲良の声が、甘くかすれはじめる。媚肉にもたっぷりと蜜が出て、ただただきついだけの穴ではなくなっている。

この調子だ。この調子で突いていけばよいのだ。が、動くと出そうになる。

しかし、出してはならぬ。家の恥だ。武士たる者、恥はかけぬ、と歯を食いしばり、ゆっくりと前後させる。するといきなり、

「あっ」

咲良が甘い声を洩らした。

「ああっ、ああっ、なに、なにっ」

痛みを通り越して、おなごの快感が噴きあがってきたのか。

「どうした、咲良さん」

「ああ、香坂様っ、あ、ああっ、咲良、気持ちよくなってきました」

「そうか。それはよい」

すでに喜三郎はぎりぎりの状態だった。恥をかいてはならぬ、という武士としての矜持だけで耐え抜いていた。

これも修行だと思った。魔羅はとろけそうに気持ちよかったが、ただただそれに溺《おぼ》れていては、おなごを喜ばせることはできぬと知る。

耐えるのだ。耐えることこそ、まぐわいなのだっ。

「あ、ああっ、咲良、ああ、気を……ああ、気をやりそうですっ」

「そうかっ。いくがよい、咲良さんっ」

終わりが近づいてきた。喜三郎も解放されるときが迫ってきた。

「ああ、もっと、強く……」

抜き差しが弱すぎて、いくにいけないのか、咲良がそう言ってきた。

「こうかっ」

とどめを刺すべく、思いきって咲良の狭小な穴をぐぐっとえぐり抜いた。

「いいっ……」

咲良が歓喜の声をあげる。

聞いているかっ、初音っ、奈美っ、おなごたちっ。

さらに強くえぐると、

「いく、いくっ」

咲良がお菊長屋全体に響きわたるような声で叫んだ。

その声を聞き、喜三郎は躰全体の緊張を解き放った。

「おうっ」

自然と雄叫《おたけ》びが出た。どくどく、どくどくと凄《すさ》まじい勢いで精汁が噴き出す。

「あぁっ、いくいく、いくいくっ」

咲良がさらにいまわの声をあげ、ぐぐっと背中を弓なりに反らした。

おなごの匂いが四畳半に充満する。

脈動はなかなか止まらず、咲良の中に精汁を出しつづけた。

すまないっ、美緒どのっ。これも武士の面目を保つためだっ。浪人になっても、武士の矜持は忘れぬっ。

脈動を終えると、喜三郎はそのまま咲良の裸体に重なった。

「ああ、香坂様……咲良、幸せです」

火の息を吐きつつ、咲良が両腕を背中にまわし、両足も喜三郎の腰にまわしてきた。

第三章　船宿の女将《おかみ》

一

節穴から入ってくる朝日で目覚めると、咲良の姿はなかった。

喜三郎は裸のまま、眠ってしまっていた。躰《からだ》に寝間着がかけられていた。

喜三郎は下帯《したおび》を締めると、腰高障子を開いた。顔を洗おうと出ると、すでに井戸端におなごたちが集まっていた。

「ああ、香坂様」

みなが眩《まぶ》しそうな目で喜三郎を見つめてくる。

みな、生娘《きむすめ》の咲良とまぐわい、初回で見事気をやらせたことを知っているのだ。

隣の腰高障子が開き、初音が出てきた。喜三郎と目が合うと、ぽっと頰《ほお》を赤らめる。やはり、初音も聞き耳を立てていたのか。

「おはようございます、香坂様」

初音から挨拶《あいさつ》してきた。

「おはよう」

と、挨拶を返す。

「おはようっ、香坂様っ」

背後より咲良の声がした。朝より熱い眼差《まなざ》しで喜三郎を見つめてくる。

「昨晩は、ありがとうございました」

と、頭を下げる。いや、と返事をする。そんなふたりを、お菊長屋のおなごたちがにやにやと見ている。奈美も出てきた。挨拶を交わす。

この場にいるすべてのおなごが、喜三郎と咲良が肉の契《ちぎ》りを交わし、咲良は処女花を失いつつも、気をやったことまで知っている。

なんという住処《すみか》であろう。武家の世界ではありえないことである。

「あっ、剛造親分っ」

と、咲良が言った。親分、おはよう、とみなが挨拶するなか、強面《こわもて》の岡っ引きが喜三郎に近よってきた。

「香坂様ですかい」

と聞いてくる。そうだが、とうなずくと、

「この界隈《かいわい》を縄張にしている、剛造と申します。昨日は、かどわかしの下手人《げしゅにん》を捕らえ、引きわたししていただいてありがとうございました」

と、礼を言った。喜三郎はちらりと初音を見た。初音は喜三郎と剛造を見ていたが、表情は変わらなかった。

「それでどうなった」

「昨晩のうちに吐かせて隠れ家に乗りこみました。一網打尽《いちもうだじん》というやつですよ」

「ほう、それはなかなかの活躍であったな」

「剛造親分は江戸一番の親分だからね」

と、奈美が言い、色っぽい眼差しで見つめる。

なに。もしかして、この親分とできているのか。

「美形の娘ばかりさらう事件が起こっていて、南町《みなみまち》も北町《きたまち》も難儀していたんですよ。それを解決できて、しかもあっしの手柄となって、言うことなしですよ、香坂様」

「それはよかった」

なあ、と咲良を見やる。が、咲良はうれしそうではなかった。

「どうした、咲良。うれしくないのか」

剛造が咲良に聞く。

「だって、かどわかしの悪党が捕まったら香坂様の用心棒も終わりになるよね」

と言って、咲良が寂しそうな目で喜三郎を見やる。

今度はその目つきを見て、剛造がおやっという表情を浮かべ、そして口もとをゆるめる。

「まあ、しばらくは送り迎えしてもらうといいぞ」

と、剛造が言い、いいですかっ、と咲良が喜三郎に聞く。

「もちろん、わしは構わぬぞ」

うれしいっ、と咲良が下帯だけの喜三郎に抱きつく。それを、お菊長屋のおなごたちゃ奈美、そして剛造がにやにやと見つめる。初音はというと、ひとり着物を洗っていた。

両国広小路の笠原に着くと、小春が駆けよってきた。

「かどわかしの下手人、みんな捕まったそうですねっ」

と言ってくる。早耳である。

「もう、知っているのか」

「瓦版《かわらばん》に出てますよ」

「そうなのか」

さすが江戸は違う。

「咲良ちゃん、香坂様にお礼をしたの」

小春が聞くと、うん、とうなずき、咲良が真っ赤になる。それを見て、えっ、と小春が大声をあげた。

「小春がお礼をしたかったよっ」

泣きそうな顔でそう言った。


咲良の処女花を散らすことで、喜三郎自らも男になり、時がすぎると、これでよかったのか、と後悔の念がこみあげてきていた。

許婚《いいなずけ》の美緒を探しに脱藩してまで江戸にやってきたのに、お菊長屋に住むようになって早々、別のおなごで男になってしまった。

が、あのとき、咲良を抱かぬ選択はなかった。そして抱くのなら、きちんと相手を喜ばせる必要があった。

「ゆるせよ、美緒どの」

そうつぶやき、今日も美緒の姿を求めて江戸の町を歩く。

今日は藩の上屋敷《かみやしき》がある神楽坂《かぐらざか》に向かってみようと思った。

江戸勤番の者に見つかってしまうことを案じて、近よらないでいたが、様子をうかがうために、美緒が上屋敷のまわりをうろついているかもしれない、と思ったのだ。

両国より神田川《かんだがわ》沿いに、神楽坂に向かう。途中、品のよい小袖《こそで》姿のおなごを見ると、美緒ではないか、と胸が騒ぐ。

咲良の処女花を散らして、ふと美緒の躰が心配になった。江戸に来て、喜三郎が男になったように、美緒も江戸であらたな出会いがあったのではないか。

もしかして、すでに処女花を見知らぬ輩《やから》に散らされているのではないか。

おなごに縁がないと思っていた喜三郎が、すでに人気茶汲娘《ちゃくみむすめ》相手に男になっているのだ。美形の美緒がなにごともなく江戸で過ごしているとは考えづらい。

やはり、江戸と西国の田舎の藩ではまったく男女のあり方が違う気がする。

そう思うと、あせりはじめる。今、このときも美緒は誰かと口吸いをしているかもしれぬ。いや、美緒に限ってそのようなことは。しかし、喜三郎自身、すでに美緒を裏切ってしまっているではないか。

「ううんっ、いかんっ、いかんぞっ」

ひとりうなりつつ、神楽坂へと足早に向かう。

二

その夜、喜三郎は大川沿いの船宿にいた。

夕刻、咲良とともにお菊長屋に戻ると、そこに奈美と並んで、色っぽい年増《としま》が待っていたのだ。

「船宿鶴屋《つるや》をやっております、千鶴《ちづる》と申します」

その色っぽい年増が、喜三郎に向かって頭を下げた。ほつれ毛がからむうなじに、下帯の中で魔羅《まら》がひくついた。

鶴屋はふつかに一度、奈美が働いている船宿であった。そこの女将《おかみ》である千鶴が、このところ、かつての常連客につきまとわれて困っていると聞いて、喜三郎のことを話したのだ。

すると、千鶴は話に乗ってきて、ぜひとも、香坂様に会ってみたい、とお菊長屋まで足を運んできたのだ。

千鶴は色っぽいだけでなく、かなりの美形であった。色が抜けるように白く、見ているだけでぞくぞくした。

つきまといたくなるのもわかる女だ。その女が喜三郎をじっと見つめ、そして、

「用心棒をおねがいできませんか」

と言ったのだ。

咲良の件が解決して、これからどうやって日銭を稼ぐか悩んでいたところだったただけに、喜三郎はふたつ返事で承諾した。

咲良はいやな顔をしたが、奈美は自分の顔が立ってうれしそうだった。


喜三郎は一階の台所の隣の四畳半で大川を眺めていた。

――呉服問屋の主《あるじ》で並木屋伊左衛門《なみきやいざえもん》とおっしゃるのですけれど、主人が元気な頃から鶴屋をそれはとても贔屓《ひいき》にしていらっしゃいました。昨年、主人が病で亡くなり、私が跡を継いでから、親身になってくださっていたのですけれど、ひと月前、妾《めかけ》にならないか、と誘われて、お断りしてから、変にからむようになってきたのです。ここひとまわりほどは私を、牝《めす》を見るような目で見つめてきて、さ

られてしまうんじゃないか、とびくびくしているんです。

そういうわけで、しばらく喜三郎が用心棒をすることになったのだ。

いつ伊左衛門が人を使って千鶴をさらわないとも限らず、ずっとつくことになった。

「失礼します」

と言って、女中の早苗《さなえ》が入ってきて、お膳《ぜん》を片づけようとする。

「うまかったぞ」

声をかけると、早苗がうれしそうな笑顔を見せる。女将の千鶴は色気の塊《かたまり》だが、使用人の早苗は可憐《かれん》な野菊のようなおなごであった。

「お酒をお持ちしましょうか」

「いや、酒はいらぬ」

万が一のとき、わずかでも腕が鈍るのがいやだった。

失礼します、とお膳を下げていく。

猪牙《ちょき》船《ぶね》が一艘《そう》、船宿を離れていく。ここから吉原《よしわら》まで行く客が多いと聞いた。

吉原か。国元にも、岡場所のようなものはあるが、天下に聞こえた吉原となると、目を見張るようなおなごばかりなのだろう。

美緒の姿が脳裏に浮かぶ。もう三月《みつき》会っていないが、今でも昨日会ったように、その気品に満ちた美貌《びぼう》を思い出すことができる。

今日、神楽坂の上屋敷まで行ったが、屋敷のまわりにひと気はなく、しばらく様子をうかがっていたが、なにもなく、戻ってきた。

美緒は父の無念を晴らすために、江戸に出ているはずであったが、どうやって、父が公金に手を出していなかったと証明するつもりなのだろうか。

そのときの勘定方の上役である、成瀬監物《なるせけんもつ》は今、江戸勤番となっている。

成瀬に接近する機会をうかがっているのか。でも、どうやって……。

左手から、屋根船がやってきた。簾《すだれ》があげられ、おなごが顔を見せた。

喜三郎は、はっとなった。おなごの白い美貌が、美緒に似ていたからだ。

男が顔を出した。

「あれは、成瀬ではないのかっ……」

吉川欣吾の、かつての上役の成瀬監物に似ていた。

美緒に似た美形は、大川を眺めている。その横顔を成瀬らしき男が見つめている。そして手を伸ばすと、美緒似の美形のあごを摘《つ》まみ、顔を寄せていった。

「なにをするっ」

思わず喜三郎は叫んでいた。その声が耳に入ったのか、ふたりがこちらを見た。船宿があるのは見えたであろうが、喜三郎の姿は見えなかったはずだ。すぐに成瀬らしき男が、再び美緒似の美形に口吸いを求めた。すると美緒似の美形は顔をそらし、口吸いを拒《こば》んだ。

なおも成瀬らしき男は口吸いを求める。すると美緒似の美形はあきらめたのか、唇を成瀬らしき男にゆるした。

「美緒……美緒なのか……」

成瀬らしき男と口吸いをする美形の横顔は、どう見ても美緒その人だった。美緒が唇を引いた。そして、成瀬から離れる。成瀬が簾を下ろした。と同時に、屋根船は遠ざかっていった。

喜三郎は大刀を鞘《さや》ごとつかむと、四畳半を出た。

「あら、どちらに」

台所から、早苗が声をかけてくる。

「船を出してくれ」

「船を……ひとりでここから離れてはいけませんよ、香坂様」

「船を出してくれっ」

喜三郎は草履《ぞうり》を履《は》き、船宿の外に出て船着場へと向かう。が、五艘あった猪牙船はすべて出払っていた。

「船はっ、船はいないかっ」

と叫ぶ。すると、どうしましたか、と千鶴が出てきた。

「あの屋根船を追いたいのだっ」

かなり上流まで遠ざかっている屋根船を指さす。

「もしや、お探しのお方が」

察しのよい千鶴がそう聞いてくる。すでに、喜三郎があの裏長屋にいる事情を奈美から聞いているようだ。

喜三郎がうなずくと、勝吉《かっきち》っ、と千鶴が叫ぶ。すると、額に鉢巻をした男が出てきた。

「呼びましたか、女将さん」

「香坂様を乗せて、ちょっとやってくれないかい」

千鶴と喜三郎を見て、ただごとではないと思ったのか、勝吉が、わかりやした、と駆け出す。

「あの男は板前ではないのか」

「板前ですけど、猪牙船も漕《こ》げますよ。人出が足りないときに、やってもらっているんです」

そうか、とうなずいていると、はやくも勝吉が猪牙船に乗ってやってきた。

「旦那《だんな》、どうぞ」

と手招きする。

「すまぬな、千鶴さん」

「行って、香坂様っ」

喜三郎はうなずき、船着場より猪牙船に飛び乗った。猪牙船が揺れる。

「上流にやってくれ」

へい、と勝吉が棹《さお》を川面《かわも》に入れる。すると、すうっと滑るように進んだ。

さっきのおなごは間違いなく、美緒だろう。口吸いをゆるした横顔は、美緒に間違いなかった。なにより、いっしょにいた男が元勘定方の成瀬なのだ。美緒が他人の空似とはありえない。

となると、なぜ屋根船に乗り、口吸いをゆるしているのか。

成瀬は父の仇《かたき》ではないのか。仇と口吸いなど……。

「ありえぬ……」

喜三郎はひとりうなる。

上屋敷を見たとき、この中にいる仇にどうやって迫るのか、と思ったが、まさか、美緒が色じかけで迫っているとは。

「あれだ。あの屋根船だっ」

両国橋に迫ってきたあたりで、遠ざかっていた屋根船が見えてきた。

「わかりやした っ」

勝吉の棹さばきに力が入る。

両国橋を渡ってすぐに、屋根船が船着場に寄った。簾があがり、そこから美緒が出てくるのが見えた。美緒はきちんと小袖を着ていた。どうやら、まぐわってはいないようだ。

まぐわっていたのなら、成瀬はかなりの早漏ということになる。

成瀬も出てきた。こちらも着物に乱れはない。

ふたりは桟橋を渡っていく。追いつきそうにない。

「美緒どのっ」

思わず、叫んでいた。すると美緒が桟橋の途中で立ち止まり、こちらを見た。

「美緒どのっ、喜三郎ですっ」

大声をあげ、右手を振った。

美緒の白い美貌が月明かりを受けて、そこだけ浮きあがって見えた。その美貌は凍りついたようになっていた。

成瀬もこちらを見た。喜三郎だとわかったのか、美緒のあごを摘まむと、桟橋の上で口吸いをしかけた。

美緒は美貌をそむけたが、成瀬がしつこく、美緒の唇を狙《ねら》う。

「やめろっ、成瀬っ」

と叫ぶなか、成瀬が無理やり美緒の唇を奪う。美緒はあきらめたように、唇を委《ゆだ》ねている。

ふたりが迫ってくる。美緒が成瀬の口を振りきり、桟橋を駆けていく。

「美緒どのっ」

ふたりは桟橋を渡りきった。まだ桟橋までは遠く、このまま迫っても、とうていふたりには追いつけそうになかった。

「鶴屋に戻してくれ」

「い、いいんですかい、旦那」

「これ以上、鶴屋を空けておくわけにもいかぬ。わしは今、千鶴さんの用心棒なのだ」

わかりやした、と勝吉が猪牙船の向きを変えた。

喜三郎の脳裏には、美緒の凍りついたような美貌が鮮烈に焼きついている。

美緒は間違いなく、喜三郎だとわかったはずだ。が、こちらに助けは求めず、成瀬の口吸いを受けた。いやいやであったが、受けたことには変わりない。

なんてことだ……許婚が……あろうことか、父の仇かもしれぬ男と、わしの前で口吸いを……。

どう見ても、好いた仲ではない。やはり、父の無念を晴らすために、成瀬に近づいているのだ。まだ、まぐわってはないようだが、成瀬の口から公金に手をつけていたことを聞き出すために、躰を犠牲にするかもしれない。

美緒の清廉《せいれん》な白い裸体を組み敷いている成瀬監物の姿が、とても生々しく脳裏に浮かぶ。

「ならんっ。絶対ならんっ」

またも独り言を言っていた。

鶴屋が近づいてきた。すると船着場のほうから、きゃあっ、というおなごの悲鳴が聞こえた。

「なんだっ」

「あれは、女将さんっ」

船着場のそばを千鶴が駆けていた。そのあとを、ふたりの男が追っている。

ひとりの男が背後より抱きついた。かなりの大男だ。もがく千鶴の前に、もうひとりがまわり、当て身を食らわせた。千鶴が気を失う。すると背後から抱きついていた大男が、千鶴の躰を抱えあげた。

小袖の裾《すそ》がたくしあがり、ふくらはぎだけでなく、太腿《ふともも》ものぞいた。その絖白《ぬめじろ》い肌がやけにそそった。

「あの猪牙船に乗せるつもりですぜ」

と、勝吉が言った。船着場に一艘の猪牙船が止まり、そこに船頭らしき男がひとりいた。

「寄せてくれ」

へい、と勝吉が棹を深く川面に差す。すうっと寄っていく。

千鶴を抱えあげた男が猪牙船に乗りこんだ。もうひとりも乗りこもうとする。

「待てっ」

舳先《へさき》に立った喜三郎が叫んだ。

するとと、男たちがこちらを見た。出せっ、とひとりが命じる。

「待つのだっ」

喜三郎を乗せた猪牙船が、男たちの猪牙船に迫る。こちらはふたり、向こうは千鶴も入れて四人乗っている。一気に迫った。

「千鶴さんを放せっ」

喜三郎が叫ぶ。

「放せば、見逃してやろう」

「近よるなっ」

ぎょろ目の男が叫び、懐《ふところ》から匕首《あいくち》を取り出した。それを気を失ったままの千鶴の頬に向ける。

「これ以上、近よると、千鶴のきれいな顔に傷がつくぞ」

ぎょろ目がそう言う。

「もそっと寄せろ」

喜三郎は勝吉に命じる。

「いいんですかい」

「構わぬ」

この男たちは千鶴に執心な呉服問屋に頼まれて、さらっているのだろう。そうであるならば、万が一にも千鶴の顔に傷をつけることはないと思った。

喜三郎を乗せた猪牙船がすうっと迫るなり、腰に差していた大刀をすらりと抜いた。

「なにをしているっ。顔に傷がついてもよいのかっ」

ぎょろ目が大声をあげる。が、千鶴の頬を傷つけることはない。

舳先が相手の舳先に当たった。ごとん、と音がする。お互いの猪牙船が揺れた。

その刹那《せつな》、喜三郎は飛んでいた。飛びつつ峰に返し、相手の猪牙船に着地するなり、ぎょろ目の手の甲をたたいた。ごきっ、と骨の折れる音がして、ぎゃあっ、とぎょろ目が大声をあげた。

その声で、千鶴が目を覚ました。

「あっ、香坂様っ」

千鶴がこちらに来ようとしたが、その前に背後より大男が千鶴のほっそりとした首に太い腕をまわした。

「動いたら、首をへし折るぜ」

「そうか」

とうなずき、一気に迫った。

「きゃあっ」

千鶴が悲鳴をあげるなか、喜三郎が放った切っ先が大男の脳天をたたいていた。

大男はあっけなく崩れた。

「香坂様っ」

千鶴が抱きついてきた。

「船頭、船着場に戻してもらおうか」

大刀を鞘に戻しながら、喜三郎がそう言った。

三

「あの、これから汗を流したいのですけど、よろしいですか」

千鶴が聞いた。

喜三郎は千鶴の家にいた。鶴屋からは、歩いてすぐのところにあった。

喜三郎が美緒を追って離れてしばらくすると、ぎょろ目と大男が鶴屋に乗りこんできて、千鶴を出せ、と言ってきた。番頭が応対していたが、ふたりが玄関口で暴れはじめて、千鶴が姿を見せると、捕らえようとしてきたらしい。

逃げ出した千鶴をふたりが追っているところから、喜三郎も見ていた。

今宵《こよい》は怖くてひとりになりたくない、と千鶴に言われ、船宿は番頭に任せて、ふたりして家に帰ったのだ。

千鶴が庭に出た。その端に、井戸があった。なかなかりっぱな家である。

千鶴は桶《おけ》を井戸に落とし、水を汲《く》みあげる。それを大きめの盥《たらい》に入れていく。ある程度たまると、盥を持って縁側に座った。

そして、小袖の帯に手をかける。

「わしは家の外にいるかな」

と言って、喜三郎は鞘ごと大刀を手にして、縁側から立とうとした。すると、

「お待ちください」

千鶴が喜三郎の手をつかんできた。

「汗を流すのを手伝ってくださいませんか」

喜三郎を色っぽい目でじっと見つめつつ、そう言う。

「手伝う……とな……」

「はい。背中、拭いていただきたくて……」

手を放すと、いきなり諸肌《もろはだ》を脱いでいった。

喜三郎の目の前に、背中があらわれた。月明かりを受けて、铣白く光っている。見るからに、触り心地のよさそうな肌だ。肌襦袢《はだジュバン》は着ていないようだ。

腰のくびれが素晴らしい。ひとつの芸術品のような躰の曲線であった。

「汗、拭いてくださいますか」

うむ、とうなずき、喜三郎は手ぬぐいを桶の中の水に浸す。そして絞ると、千鶴の背中に当て、ゆっくりと拭いていく。

背中の上から腰へと下げると、さらに千鶴が小袖を剝《む》き下げる。すると、腰巻は見えず、いきなり双臀《そうでん》の谷間がのぞいた。

「腰巻は……」

「そんな野暮なものはつけません」

「そ、そうなのか……腰巻は野暮か……」

千鶴が腰を浮かせ、さらに小袖を剝き下げた。

喜三郎の前に、むちっと熟れた双臀があらわれた。後家となって一年あまりか。男ひでりを感じさせない艶々《つやつや》とした尻たぼであった。

「よい男でもいるのか」

喜三郎は聞いた。

「いいえ。いません。どうしてですか」

「いや、この尻を見ていたら、毎晩、愛《め》でられているのかもしれぬな、と思ったからだ」

「愛でてくださいますか、香坂様」

尻をさらしたまま、千鶴が首をねじって、こちらを見る。その瞳は、ぞくっと
くるほど色気にあふれていた。いや、そもそも目の前の躰すべてが色気に満ちて
いた。

汗の匂いか、むせんばかりの甘い体臭がずっと喜三郎の鼻孔をくすぐっている。

「わしが愛でてよいのか」

「お助けくださったお強いお方……おなごはそんなお方に抱かれたいものです」

「そうなのか」

咲良もそうだったのか。

喜三郎は手ぬぐいで、むちっと盛りあがった双臀を拭いていく。

「お尻の谷間の奥も……拭いてくださいますか」

「谷間の……奥か……ああ、肛門か……」

「は、はい……」

「そうだな。肛門はきれいにしないとな」

と言って、喜三郎は手ぬぐいを尻の狭間《はざま》に入れようとするが、深くて尻の穴まで届かない。すると、千鶴が思わぬ行動に出た。

うしろをまる出しにさせたまま、四つん這《ば》いの形を取っていったのだ。

「おうっ」

思わず、喜三郎はうなった。

あぶらの乗りきった後家の双臀が、喜三郎に向かって、ぐぐっと突き出されてきたのだ。

「肛門をおねがいします」

うむ、とうなずき、尻たぼに手をかける。そして、ぐっと左右に開くと、深い谷間の底が見えた。そこに小さな蕾《つぼみ》が息づいていた。

「これは、なんだ」

「肛門ですよ、香坂様」

「これが肛門だとっ。ここから……出ているというのか……信じられぬ」

喜三郎が目にしているものは、菊の蕾のようだった。というか、これはまさに菊の蕾ではないのか。

いや、ばかな……それはありえぬ。

喜三郎は手ぬぐいを押し当てようとしたが、なかなか谷間の底まで届かない。

「素手で、おねがいできますか」

「す、素手で、と申すか……」

「ああ、お武家様に、肛門を素手でなんて……ああ、なんというご無礼を……」

「いや、構わぬぞ」

男の肛門を素手でと言われたら断るだろうが、千鶴の肛門なら構わない。

素手どころか、舐《な》めてもよい……そうだ。舐めるか……。

いや、その前に、指で洗うか、と人さし指を盥の水に浸《つ》け、そして尻の狭間に忍ばせていく。

そろりと菊の蕾をなぞった。すると、

「はあっ……」

千鶴が甘くかすれた声を洩《も》らす。

喜三郎はさらに肛門をなぞっていく。掲げられた双臀が、ぶるぶるっと震える。

「この穴が、感じるのか、千鶴さん」

「は、はい……軽蔑《けいべつ》なさいますよね」

「いや……舐めてもよいか」

思わず、そう聞いていた。

「そのようなこと、お武家様に……」

「この穴を見ていたら、無性に舐めたくなったのだ。よいか」

「香坂様がそうおっしゃるのなら……」

では、と今度は顔を尻の狭間に入れていく。舌を伸ばし、ぺろりと後家の肛門を舐めた。

「あっ、はあっんっ」

千鶴はとても敏感な反応を見せた。おなごというものは、不浄《ふじょう》の穴でも感じるのか。いや、これは千鶴だけのことであろう。

喜三郎はぺろぺろ、ぺろぺろと菊の蕾を舐めつづける。すると、ぴくぴくっと、さしあげた双臀が動く。

国元を出たときは、まさかこうしておなごの肛門を舐めることになろうとは夢にも思っていなかった。そもそも国元にいたら、肛門を舐めようと思うことはなかっただろう。

やはり江戸の水が、喜三郎までも大胆にさせるのだろうか。

喜三郎は舌先をとがらせて、千鶴の尻の穴に忍ばせようとした。すると、ああっ、と声をあげて、千鶴が縁側に突っ伏した。少しやりすぎたかな、と思った。

千鶴が起きあがり、こちらを向いた。

たわわな乳房はもちろん、下腹の陰りもあらわになる。

乳房はたっぷりと実り、すでに乳首は勃《た》っている。いきなり割れ目が剝き出しだった咲良とは違い、千鶴の割れ目は濃いめの陰りに隠れていた。

裸体全体から、むせんばかりのおなごの色香を感じた。

「腕、拭いてくださいますか」

と言って、千鶴がしなやかな右腕をあげる。すると、腋《わき》のくぼみがあらわれる。

そこには、ひと握りの和毛《にこげ》が生えていた。汗でべったりと貼《は》りついているのが、なんとも卑猥《ひわい》に見える。

後家というのは、このような卑猥なものを腋の下に秘めて生きているのか。

喜三郎はあらためて手ぬぐいを絞り、右腕の二の腕の汗を拭《ぬぐ》っていく。そして、腋のへこみも手ぬぐいで拭いた。感じるのか、

「はあっ……」

千鶴がうっとりとした顔をして、火の息を洩らす。

「左もおねがいします」

右腕をあげたまま、左腕をあげていく。すると、豊満な乳房の底が持ちあがり、上向きに反る。

乳をより色っぽく見せるために、両腕をあげているように感じた。

左の二の腕を拭いていると、腋の下に顔を押しつけたくなる。

「いいですよ、香坂様」

と、千鶴が言う。

「なにがだ」

「腋の下、顔、埋《うず》めたいんでしょう」

「えっ、い、いや……まさか、そのようなこと……」

「ここでは、ひとりの男とおなごです。武士も町人も関わりありません。そうでしょう」

「そ、そうであるな……では、よいか」

はい、とうなずく千鶴の左の腋の下に、喜三郎は顔を押しつけていった。まだ汗を拭う前の腋のくぼみは、一日ぶんの汗が残っていた。

野郎の汗だとむさ苦しいばかりであろうが、おなごの、しかも美形の後家の腋の匂いだと、股間にびんびんきた。

喜三郎は恥を捨てて、ぐりぐりと顔面をこすりつけていた。

「はあっ、ああ……」

千鶴が火の喘《あえ》ぎを洩らし、くなくなと上体をくねらせる。

ようやく腋の下より顔を引き、そこの汗も手ぬぐいで拭っていく。

四

「お乳は、自分でできますから」

と、千鶴が言う。てっきり乳房の汗も拭くものだとばかり思っていた喜三郎は、えっという顔になった。

そんな顔を千鶴はうれしそうに見つめ、自分で手ぬぐいを絞り、乳房の汗を拭きはじめる。

とがった乳首がなぎ倒され、あんっ、と甘い喘ぎを洩らす。

たわわなふくらみが、手ぬぐいを押しつけることで、淫《みだ》らに形を変えていく。千鶴は手ぬぐいを置くと、盥から水を両手のひらで掬《すく》い取り、鎖骨《さこつ》のあたりから垂らしていく。

「ああ、千鶴さん……」

水が乳房を流れる様に、喜三郎は見惚《みと》れてしまう。

乳房が水に濡れると、千鶴は素手で乳房をなぞりはじめる。洗っているというより、愛撫《あいぶ》している感じだ。

ますますとがった乳首が手のひらになぎ倒され、押し潰《つぶ》される。そのたびに、

「あんっ、はあっんっ」

甘い喘ぎを洩らす。

「下も、洗います」

と言うなり、千鶴は縁側で立ちあがった。すると、ちょうど喜三郎の目の高さに、濃いめの茂みに飾られた後家の恥部が迫った。

千鶴が盥を跨《また》いだ。そして、しゃがみはじめる。

「な、なにを、するのだ……」

「この中も、洗うんですよ」

と言いながら、濃いめの茂みを白い指先で梳《す》き分けていく。すると、割れ目がのぞき、そして真っ赤に色づいたおなごの粘膜があらわれた。

濃いめのおなごの匂いが、喜三郎の顔面を直撃した。

ううっ、と喜三郎がうなるなか、千鶴はさらにしゃがみ、蹲踞《そんきょ》の姿勢を取るなり、左手の指で大きく割れ目を開いた。そして右手で水を掬い、真っ赤な粘膜にぴちゃぴちゃとかけはじめる。

「あっ、ああ……」

水を女陰《ほと》にじかに受けて感じるのか、千鶴は火の息を吐く。

千鶴の女陰はねっとりと絖っていた。かなりの蜜《みつ》が出ていた。

「香坂様もかけてくださいませんか」

と、千鶴が言う。

「よいのか」

妖《あや》しく潤《うる》んだ瞳でじっと見つめ、はい、とうなずく。では、と喜三郎も盥に手を入れて、水を掬う。そしてそれを、剝き出しのおなごの粘膜にかけていく。

「あっ……」

千鶴が、折り曲げた膝《ひざ》をがくがくと震わせる。

生まれたままの姿での蹲踞の姿勢は、なんともそそる。しかも、一番秘めておきたい花びらをあらわにさせているのだ。

水をかけてもかけても、あらたな蜜が出て、䊀りは取れない。

が、千鶴は蹲踞の姿勢を解《ほど》くと、

「香坂様も脱いでください」

と言った。

「わしか……」

「今度は、私が汗を拭いてさしあげます」

「わしはよい……」

「臭いのは困ります」

「臭いか……」

喜三郎は着物の袖を鼻に持ってくる。自分ではわからない。

「脱いでください」

裸の千鶴が喜三郎の帯の結び目を解いてくる。すぐそばに豊満な乳房があり、ゆったりと揺れている。

つかみたかったが、ぐっと耐える。

「ああ、そうですわ。追いかけなさった方は、どうなさったのですか」

結び目を解き、着物の前をはだけつつ、千鶴が聞いてくる。

「美緒どのか……」

喜三郎の脳裏に、美緒の青ざめた美貌が浮かぶ。

そして、成瀬監物と口吸いをしている横顔も……。

千鶴が着物を脱がせた。そして、手ぬぐいで胸板を拭きはじめる。

「ああ……」

思わずうなる。おなごの手で汗を拭われるのは、なんとも気持ちよかった。

「気持ちいいですか、香坂様」

そう聞きつつ、千鶴が丁寧に喜三郎の躰の汗を拭いていく。

「ああ、上手《じょうず》だな」

「そうですか」

もしかして、美緒もこうして成瀬の躰を拭いているかもしれぬ。いや、そのようなことはないはずだ。口吸いもあのときがはじめてに違いない。美緒はとてもつらそうだったではないか。

魔羅にひんやりとしたものを感じ、思わず、

「ひゃあっ」

と、素《す》っ頓狂《とんきょう》な声をあげた。千鶴がうふふと笑う。

美緒のことを考えている間に下帯を脱がされ、魔羅を手ぬぐいで拭かれていた。

「美緒様のことで頭がいっぱいなのですね」

そう言いながら、魔羅を丁寧に拭ってくる。魔羅は半勃ちだった。そこに刺激を受けて、ぐぐっと力を帯びてくる。

「あら、たくましくなってきました」

「もう、よいぞ、千鶴さん」

「ここも拭いておかないと」

と、千鶴がふぐりも優しく拭いてくる。刺激を受けて、魔羅がさらに反り返っていく。

「ああ、すごいですね、香坂様」

と言うなり、千鶴が先端を咥《くわ》えてきた。くびれまで呑《の》みこむと、じゅるっと吸ってくる。

「ああっ、千鶴さんっ」

先端がとろけそうな感覚に、喜三郎は腰をくねらせる。気持ちよくて、とてもじっとしていられない。

千鶴はそのまま、反り返った胴体まで咥えてくる。

「ああっ、ああっ」

喜三郎は千鶴を突き放すことができない。

ふと、尺八《しやくはち》を吹く千鶴の美貌が美緒に見える。今頃、美緒が成瀬の魔羅をこうしてしゃぶっているかもしれぬ。そう思うと、なぜか股間にあらたな劣情の血が集まり、千鶴の口の中でひとまわり太くなる。

「う、うう……」

千鶴はむせつつも、唇を引くことなく、むしろさらに咥えてくる。

美緒もこうして、成瀬を咥えているのだ。

なぜだっ、美緒どのっ。なにゆえ、父上をはめたかもしれぬ男の魔羅をっ。

喜三郎は思わず、千鶴の喉を魔羅で突いていく。

「う、うぐぐ……」

千鶴の美貌が歪《ゆが》む。が、放さない。咥えたままでいる。むしろ、さらに強く吸ってくる。

成瀬の魔羅、そんなにおいしいのかっ、美緒どのっ。

喜三郎はさらに喉を突いていく。

「う、うぐ、うう、うぐぐ」

千鶴はむせつつも、唇を引かない。

美緒どのっ、なにゆえ、成瀬の魔羅から口を引かないのだっ。

喜三郎は千鶴の髷《まげ》をつかみ、ぐらぐらと顔を揺さぶりながら喉を突いていく。

ぐえっ、とうめき、千鶴が唇を引いた。どろりと大量の唾《つば》が垂れる。

「はあっ、ああ……」

千鶴は荒い息を吐きつつも、なにも言わない。

「お尻をこちらに向けてください、香坂様」

「えっ……」

「肛門を洗ってさしあげます」

「こ、肛門か……わしの肛門を洗ってくれるというのか」

はい、と千鶴がうなずく。

喜三郎は縁側で立ちあがった。裸のまま、尻を千鶴に向ける。すると千鶴が尻たぼに手を置き、ぐっと開いていった。

盥の水をかけるのかと思っていたが、違っていた。千鶴はいきなり美貌を尻の狭間に埋めると、ちゅっと肛門にくちづけてきたのだ。

「ああっ」

喜三郎はいきなり愉悦の声をあげていた。情けない声が庭に響きわたる。

千鶴はすぐに肛門を開くなり、舌先を入れてきた。ぬらりと肛門を舐めてくる。

「あ、ああっ、ああっ、千鶴さんっ」

喜三郎は情けない声をあげつづけた。

まさか、肛門がこれほどまで気持ちよいものだとは……衆道《しゅどう》にはまる武士もいると聞くが、この快感を知った輩ということなのだろうか……。

千鶴はさらに舌先をねじ入れ、右手を前に伸ばすと、魔羅をつかんできた。肛門を舐めつつ、魔羅をしごいてくる。

「なんとっ……これはっ」

魔羅、肛門という男の急所を同時に責められ、喜三郎は感嘆の声をあげていた。

千鶴が肛門より唇を引いた。喜三郎は、はあはあと荒い息を吐いている。

「盥に水を汲んできます」

と言うなり、今度は生まれたままの姿で庭に降りて、井戸に向かっていく。

喜三郎は惚《ほう》けたような顔で、足を運ぶたびにぷりっぷりっとうねる後家の尻たぼを見つめる。

肛門舐めで、魂《たましい》を抜かれた心地になっていた。

五

千鶴が桶を井戸に落とし、がらがらと汲みあげはじめる。

喜三郎は縁側を降りた。裸のまま魔羅を揺らしつつ、千鶴に迫っていく。その目は、あぶらの乗りきった双臀から離れない。

千鶴の尻がいつの間にか、美緒の尻に変わっていた。ああやって、成瀬を誘っているのではないか。もちろん、成瀬の口から父をはめたことを白状させるためだろう。しかし……喜三郎という許婚がいる身でありながら、剝き出しの尻をうねらせて誘うなど、あってはならぬのだ。

喜三郎は千鶴の背後に立つと、尻たぼをそろりと撫《な》でていた。

千鶴はなにも言わず、桶を汲みあげている。そして汲みあげた桶の水を、横向きになり、盥に入れる。そのとき、たわわな乳房が誘うように揺れた。

喜三郎は真横より、千鶴の乳房をつかんだ。豊満なので、喜三郎の手のひらからもこぼれていた。

それをいきなり、ぐっと強く揉《も》んでいく。

「ああっ……」

千鶴が火の息を洩らす。喜三郎はこねるように揉んでいく。千鶴の乳房であったが、美緒の乳房を揉んでいるような気になっていた。それゆえ、揉み方に悋気《りんき》が加わっていた。

美緒どの、成瀬に乳を揉ませているのかっ。こうかっ。こうされているのかっ。

さらに手に力が加わる。ううっ、といううめき声がする。

見ると、千鶴が苦悶《くもん》の表情を浮かべている。喜三郎の身勝手な乳揉みに耐えていた。

その顔を見て、はっとなる。成瀬と口吸いをしていたときも、美緒はこういう顔をしていた。耐えている顔をしていた。

「すまぬっ」

我に返った喜三郎は、千鶴の乳房より手を引く。

千鶴はなにも言わず、水を入れた盥を持ちあげると、縁側に向かっていく。

喜三郎はまたも、千鶴の双臀を見つめる。一歩足を運ぶごとに、尻たぼがうねっている。思えば、歩けば、常にああやって尻たぼがうねるのだ。

別に千鶴は誘っているわけではない。普段は小袖の下に隠れている。今は裸だから、誘っているように見えるだけだ。

千鶴の尻たぼに罪はない。が、喜三郎はまたも千鶴に迫ると、尻たぼを撫でていた。

そして今度は背後より手を伸ばし、ふたつの乳房を鷲《わし》づかんでいた。今度は優しく揉みこんでいく。すると、

「はあっ、ああ……」

盥を持ったまま立ち止まり、千鶴が甘い息を洩らす。

「ください、香坂様」

「よいのか」

「はい……ずっと、女陰が疼《うず》いています」

やはり、誘っていたのか。やはり、おなごの尻には罪があるのか。おなごの躰はそこにあるだけで罪深いのか。

喜三郎は背後より乳房をつかんだまま、天を衝《つ》いたままの魔羅の先端を尻の狭間に入れていく。先端が蟻《あり》の門渡《とわた》りを通ると、

「はあっ、ああ」

千鶴が火の息を吐く。

先端が草叢《くさむら》に到達した。

喜三郎は庭の真ん中で立ったまま、背後より千鶴の中に入れようとする。鎌首《かまくび》が草叢に沈み、割れ目に触れる。ぐっと押すが、めりこまない。

すると千鶴が右手を股間に伸ばし、魔羅をつかんで導いていく。

喜三郎は腰を突き出した。今度は先端がめりこんだ。

燃えるような粘膜に包まれる。

「あうっ、うう……」

千鶴の裸体が震える。盥を落とした。せっかく汲んだ水があふれる。

喜三郎はふたつの乳房を揉みしだきながら、うしろより、ぐぐっと入れていく。

千鶴の女陰はすでに蜜でどろどろだった。肉の襞《ひだ》の群れが喜三郎の魔羅にからみつき、引きずりこもうとしてくる。

「ああっ、これはっ、なんとっ」

女陰に別の生き物が潜んでいて、魔羅を貪《むさぼ》り食わんとしているようだ。

「もっと、奥までください」

火の息を吐くように、千鶴がそう言う。

喜三郎は乳房を揉んだまま、密着するように、深く押しこんでいく。肉襞を巻きこみながら、ずぶずぶと先端がめりこんでいく。

「ああっ、硬いですっ、ああ、香坂様っ……ああ、はじめてですっ」

と、千鶴が言う。

「はじめてではないであろう」

後家でこれだけ爛《ただ》れた女陰を持ちながら、生娘なはずがない。

「はじめてです……ああ、お武家様の魔羅を……女陰に受けるのは……ああ、はじめてです」

そういうことか。

「武士の魔羅は違うか、千鶴さん」

「ああっ、違いますっ。ああ、魔羅が刃《やいば》のようですっ、ああ、さっき、私をさらおうとしたちんぴらを倒した刃のようですっ。ああ、その刃が、今、千鶴の中に入ってきていますっ」

「そうか、肉の刃か。ほらっ、どうだっ」

喜三郎はぐりぐりと先端で子宮《こつぼ》をこする。

「ああっ、香坂様っ……い、いく……」

はやくもいまわの声をあげ、立ったまま繋《つな》がっている裸体を痙攣《けいれん》させた。うなじから、甘い匂いが立ちのぼる。汗を拭った肌から、あらたなあぶら汗が噴き出してくる。

強烈な締めつけにあったが、喜三郎はそれに耐えて、さらにぐりぐりとこすっていく。武士の魔羅がすごいと言われ、簡単に出してはならぬと思ったのだ。喜三郎の場合、武士の矜持《きょうじ》が持続力を支えていた。精神力で射精を抑制していた。

「ああっ、すごい、すごっ、あああ、お武家様の魔羅っ、ああ、ああっ、また、また、い、いくいくっ」

千鶴は続けて気をやり、がくっと膝を折った。女陰から抜けた魔羅がひくついている。

千鶴は振り向くなり、おのが蜜まみれの魔羅にしゃぶりついてきた。いきなり根元まで頬張ってくる。

「ううっ……」

今度は喜三郎がうなっていた。

「うんっ、うっんっ、うんっ」

千鶴は魔羅全体を貪り食ってくる。唇を引くと、涎《よだれ》を垂らしつつ、

「おいしいですっ。お武家様の魔羅、おいしいですっ」

と告げ、すぐにまた咥えてくる。

「うん、うんっ、うっんっ」

上気した美貌が激しく上下する。

「う、ううっ」

喜三郎は肛門に力を入れて、暴発を耐える。まぐわいというのは耐えることなのだ。おのれの欲望のまま出していては、すぐに種切れになる。

武士の種を口には出せぬ。出すのなら、女陰だ。

喜三郎は千鶴の唇から魔羅を引いた。ねっとりと唾が糸を引く。

「もっと食べたいですっ」

千鶴がまたも、反り返った魔羅を頬張って、じゅるっと吸ってくる。

「おう、おうっ」

たまらず、喜三郎はうめく。恥であったが、くなくなと腰をくねらせてしまう。

どうしても動いてしまうのだ。

「千鶴さんっ、武士の種、どこに欲しいかっ」

と、うわずった声で問う。すると、千鶴が唇の上下動を止めた。唇を引き、揺れる魔羅の前で、

「女陰にください。お武家様のお種を、千鶴の女陰にくださいっ」

と叫ぶ。

立て、と言って千鶴を立たせるなり、喜三郎は太い腕で、汗ばんだ白い裸体を抱きあげた。

「あっ、香坂様っ」

千鶴が太い首にしがみついてくる。

喜三郎は千鶴の裸体を横抱きにして、縁側へと向かう。千鶴はうっとりとした表情で、裸体を委ねている。

縁側にあがり、そのまま寝間に向かう。襖《ふすま》を開くと、布団が敷いてあった。

そこに千鶴を横たえる。たわわな乳房がゆったりと揺れた。そしてすぐさま両足を割り、股間に腰を落とす。

千鶴はうっとりとしたままだ。

鎌首をおなごの茂みに当てる。

「参るぞ」

「はい、香坂様。たっぷりと千鶴の女陰に出してください」

すでに武士の種を子宮で受けることを想像して、千鶴はいきそうになっている。

鎌首がめりこんだ。肉の刃で突き刺していく。

「ああっ、い、いく」

またも、入れただけで気をやった。うんっ、と背中を反らし、がくがくと腰を震わせる。千鶴の躰は発情しきっていた。なにをやっても、すぐに気をやりそうであった。

全身はあぶら汗にまみれ、ぬらぬらとてかっている。当然、汗の匂いが裸体全体から立ちのぼり、喜三郎の鼻孔を刺激してくる。

喜三郎はより深い結合を目指し、千鶴の両足を抱えた。折りこむようにして、腰を突き出す。

「あ、ああっ、ああっ」

後家の裸体の震えが止まらなくなる。

喜三郎はずどんずどんと突いていく。今にも暴発しそうであったが、それでも暴発しない。これこそ、武士の矜持がなせる技だと自負する。

主を捨てても、わしは武士なのだ。肉の刃で、気をやらせようぞっ。

数日前に、男になり、千鶴はふたりめであったが、そう感じさせない腰遣《こしづか》いを見せていた。

もしや、わしにはまぐわいの才があるのか。

「いい、いいいっ、ああ、いきますっ……ああ、もう千鶴だけはいやですっ。ああ、香坂様もっ……千鶴とともにっ」

「そうだな。出すぞ。ともに気をやろうぞ、千鶴さんっ」

喜三郎はとどめを刺すべく、渾身《こんしん》の力で真上より肉の刀を振り落とした。

「ひ、ひぃっ」

千鶴が絶叫し、白目を剝いた。

魔羅全体を包んでいる女陰が万力のように締まった。

「おうっ」

喜三郎は緊張を解いていた。耐えに耐えたあとに出す精汁は格別であった。

「おう、おう、おうっ」

子宮に大量の飛沫《しぶき》を浴びて、千鶴が目を覚ます。そして覚ました刹那、

「いくいくっ」

喜三郎の咆哮《ほうこう》に負けじと叫ぶ。

千鶴の女陰の締めつけは凄《すさ》まじく、喜三郎は脈動を続けた。

六

魔羅の先端に舌が這っていた。

千鶴かと見ると、違っていた。

美緒かっ。美緒どのかっ。

はっとして、喜三郎は目を覚ました。喜三郎は裸のまま、千鶴とともに寝ていた。千鶴も裸であった。が、千鶴が舐めてはいなかった。

喜三郎の股間には、咲良が美貌を埋めていた。

「さ、咲良さんっ……」

「おはようございます、香坂様。お迎えにあがりました」

はにかむような顔でそう言うと、ちゅちゅっと鎌首にくちづけてくる。

なんという不覚。咲良が寝間に入り、魔羅の先端にくちづけてくるまで気づかなかったのだ。昨晩は、本手《ほんて》でともに気を遣ったあとすぐに、千鶴が魔羅にしゃぶりつき、大きくなると、次はうしろ取りで突いていった。うしろ取りで出したあと、またもしゃぶりつかれ、本手で三発目を放って、そのまま抱き合うようにして眠ってしまった。

ひと晩に三発も出して、骨抜きにされていたのだ。

そして、咲良の唇を先端に感じるまで寝ていたとは……。

「母さんから香坂様は千鶴さんの家にいるはずだと聞いて、お迎えに来ました」

「迎え……」

「今日も茶屋まで送ってくださいますよね」

「いや、それは。今、千鶴さんの用心棒をしているのだ。しかも昨晩、千鶴さんはさらわれそうになってな」

咲良の美貌の前に魔羅をさらしたまま、喜三郎はそう言った。

隣で寝ていた千鶴が目を覚ました。

「あら。咲良ちゃん、おはよう」

咲良にまぐわいの跡や裸体を見られても、千鶴は平然としている。江戸のおなごたちはみな、肝《きも》が据わっている。特に商売をやっているから、よけいだ。

「おはようございます、千鶴さん。母さんがいつもお世話になっています」

喜三郎の魔羅の前で、咲良が千鶴に頭を下げる。

「咲良ちゃん、茶汲娘で人気なんだってね。うちで働かないかい」

「ありがとうございます」

と、礼を言う。が、働きたいとは言わない。茶汲娘のほうが実入りがよいのだろう。

「香坂様をしばらくお借りしていいですか」

咲良が千鶴に聞く。

「あら、咲良ちゃんの用心棒も続けているのかしら」

「いや、咲良ちゃんのほうは解決したのだ」

「じゃあ、だめよ。香坂様は私を守ってくださる役目があるから」

上体を起こすと、喜三郎の股間に色っぽい美貌を寄せてくる。が、咲良は下がらない。千鶴は構わず、額を咲良の額に押しつけるようにして、唇を寄せてくる。

「あら、朝っぱらから、すごいですね、香坂様」

喜三郎の魔羅は天を衝いていた。いわゆる朝勃ちというやつだった。いや、そうか。最初は朝勃ちだったかもしれないが、咲良の唇を感じ、そして今、千鶴の美貌が迫り、それゆえ勃起を続けているのでは、と思った。

「昨晩、三度も私の女陰に出してくださったのに、もうこんなに」

咲良を見やりつつ、千鶴がそう言いいながら、胴体を白い指でつかんでくる。そして、ぐいっとしごく。

「えっ、三度も……」

「そうよ。咲良ちゃんには何発出してくださったのかしら」

「一度だけです……」

咲良が寂しそうな顔でそう言う。

「あら、そうなの。咲良ちゃん、まだ子供だから、一発で充分よ」

そう言うと、千鶴は咲良の目の前で喜三郎の鎌首を咥えてきた。くびれまで呑みこむと、じゅるっと吸ってくる。

「ううっ……」

喜三郎は思わずうなる。咲良が見ているからか、よけいに感じてしまう。

千鶴はそのまま、美貌を下げていく。反り返った胴体が、瞬《また》く間に後家の口に呑みこまれていった。

「うう、うんっ」

千鶴は根元まで咥えたまま、吸いはじめる。

「あ、ああ……」

恥ずかしいが、声が出てしまう。

「香坂様……」

悔《くや》しそうに千鶴の尺八を見ていた咲良が美貌を寄せてきた。あっと思ったときには、口に唇が重なっていた。ぬらりと舌が入ってくる。

「う、ううっ」

朝っぱらからなんてことだ。朝勃ちの魔羅を後家に吸われつつ、喜三郎がおなごにした美形の娘の唾を飲んでいる。

「うんっ、うんっ、うんっ」

千鶴が貪るような動きを見せる。まさか、朝一番で精汁を飲む気か。

さすがにここで出すわけにはいかぬ。喜三郎は咲良の唇から口を引きあげ、そして躰を起こしていった。それでも、千鶴は股間にむしゃぶりついている。

喜三郎は立ちあがった。それでも魔羅に吸いついている。

「だめですっ、千鶴さんばっかりなんてっ」

と、咲良が言い、千鶴の隣に膝をつき、千鶴の頬に自分の頬を押しつけていく。

喜三郎も腰を引き、千鶴の唇から魔羅が抜ける。するとすぐさま、咲良がしゃぶりつこうとする。

だめっ、と千鶴が押しやり、再び咥えこんでくる。

「ならんっ。おなご同士、仲よくするのだっ。ともに舐めろ」

と言うと、千鶴が唇を引き、左手から鎌首に舌をからめてきた。空いた右手から、咲良が舌をからめてくる。

なんてことだっ。後家と茶汲娘のふたりがいっしょに、わしの魔羅を舐めている。しかも、どちらもとびきりの美形である。

先走りの汁がどろりと出てきた。するとすぐに、千鶴と咲良が舌を伸ばす。お互いの舌と舌が触れ合っても構わず、舐め取り合う。

「そこまでだっ。咲良さんは、急がないと仕事に遅れるぞ」

と、喜三郎は言う。

「もう、行きませんっ。このままずっとここにいますっ」

咲良が千鶴をにらんで、そう言う。

「だめよ、咲良ちゃん。さあ、茶屋に行きなさい」

千鶴が外を指さす。

「じゃあ、香坂様、送ってください」

ふくれっ面《つら》のまま、咲良がそう言う。よいか、と喜三郎は千鶴に聞いた。

「困った小娘ね」

「香坂様におなごにしていただきました」

と、咲良が言う。

「あら、そうなの。わかりました。今日だけですよ。いつまた並木屋伊左衛門の息がかかったちんぴらが襲ってくるかしれたものじゃないですから」

すまんな、と言うと、ありがとうございます、と咲良は千鶴に頭を下げた。

第四章　恥じらう許婚《いいなずけ》

一

両国広小路まで咲良を送ると、喜三郎はすぐに両国橋を渡り、大川沿いに下っていった。本所と深川《ふかがわ》の境目あたりに千鶴の船宿はあり、その近くに家がある。

急ぎ歩いていると、喜三郎を四人の武士たちが追い越していった。みな、ただならぬ気配を感じさせた。

呉服問屋があらたな男たちを雇ったかとも思ったが、武士たちは浪人者ではなかった。どこぞの藩士のようだ。

とある寺の門前に、ひとりの町人が立っていた。中を指さしている。四人の武士たちが寺に入った。

もしや、と喜三郎は思った。急ぎ足で門前へと向かう。門前に着くと、奥から男の声がした。

「姫っ、お覚悟っ」

なにっ。姫だとっ。お覚悟とはっ。

「旦那《だんな》、入ってはいけません」

町人が止めようとする。

奥を見ると、やはり初音がいた。大刀を構える初音の前に四人の武士が立っている。みな、大刀を抜いていた。

「なにごとだっ」

「さあ、知りません」

町人はかぶりを振る。

「郷田《ごうだ》の手の者かっ」

と、初音が問う。凛《りん》とした声がここまで通っている。

「お覚悟をっ」

ひとりの武士が初音に斬《き》りかかった。

危ないっ、と思ったが、初音は額の前で大刀を受け止め、さっと躰《からだ》をかわす。

すると、武士がわずかによろめいた。その隙《すき》をついて、初音が峰に返した大刀を肩に下ろした。

　ぐえっ、と武士が片膝《かたひざ》をつく。そのうなじに峰を落とすと、顔面より地面に倒れていった。

　そんな武士を見ても、ほかの三人は驚く様子はなかった。やはり、剣の達人で知られているのだ。そばに立つ町人も驚いていない。こやつ、町人ではないのか。

「我が藩を郷田の好きにはさせませんっ」

「姫、お覚悟をっ」

　と言って、ふたりめの武士が迫っていく。小手を狙《ねら》ったが、初音はすばやくそれを弾《はじ》く。それは読んでいたのか、弾かれざま、初音の胸もとを武士が狙った。

　切っ先がふくらんだ胸もとをかすめる。

「いかんっ」

　小袖《こそで》がわずかに切れた。中から白いものがのぞく。今日も晒《さらし》で乳房を巻いているようだ。

　過日、晒を目にしたときは、稽古《けいこ》しやすいからと思ったが、こうしていつでも戦えるように、常に晒を巻いていたのだと知る。

　ふたりめの武士が、そのまま初音の喉を切っ先で狙ってきた。初音は背後に飛んだ。本堂を背にする。

ふたりめの武士がぐぐっと迫り、袈裟懸《けさが》けに大刀を振り下ろした。

かきんっ、と刃音がここまで響く。

初音は美貌《びぼう》ぎりぎりで武士の刃《やいば》を受けていた。そのまま鍔迫《つばぜ》り合いとなる。相手は男。初音はおなご。力比べでは敵《かな》わないだろう。

助けに行かねば、と喜三郎は前に出ようとして、動きを止めた。喉に匕首《あいくち》が突きつけられていたのだ。

「お武家様、動かないで」

「おぬし、町人ではないな」

「町人です」

ふたりめの武士の刃が、じわじわと初音の美貌に迫っていく。初音は凜とした眼差《まなざ》しで刺客を見つめている。

刃が初音の小鼻に迫った刹那《せつな》、

「初音さんっ」

喜三郎はおのが危険も忘れて叫んでいた。

はっとふたりとも、不意をつかれた。ほんの一瞬だが、お互いに隙ができ、そして、これまたほんの一瞬だけ、初音が先に動いていた。

「ぎゃあっ」

ふたりめの武士が叫んだ。鍔迫り合いのまま、初音が一気に押し返していた。初音の峰がふたりめの武士の額にめりこんでいた。痛みでよろめいたふたりめの武士の肩を、初音が峰でたたく。

喜三郎の声に不意をつかれたのは、ふたりだけではなかった。喜三郎の喉に匕首を当てていた町人も、一瞬だけ面食らっていた。その隙をつき、喜三郎は町人の手首をつかむと、思いっきりひねっていた。

町人の手から匕首が落ち、喜三郎はそのまま手首をひねりつづけた。ぼきっと折れる音がした。

「これ以上、無駄です。おまえたちに、私は斬れません。郷田に、あきらめなさいと伝えるのです」

ふたりを倒した初音が、残りのふたりの藩士に向かって正眼に構える。

その立ち姿の美しさに、喜三郎は町人の手首をひねりつつ見惚《みと》れた。

「姫の首を取らずに、戻れませんっ」

と叫ぶと、三人目の武士が斬りかかっていった。初音は前に出て、正眼より振り下ろされる刃を弾き、小手を狙う。それを三人目の武士が受けて、そのまま刃を振りあげていく。

初音の大刀があがった。腹ががら空きとなる。

「初音さんっ」

またも、喜三郎は叫んでしまう。もちろん、こたびは誰も驚かない。

がら空きとなった腹に、三人目の武士の大刀が迫る。すると、初音が飛んだ。

「おうっ」

喜三郎だけでなく、ふたりの武士、そして手首をつかまれている町人も驚きの声をあげた。

初音は三人目の武士の背後に着地するなり、すばやく振り向き、背後よりうなじを打った。ぐえっ、とまたも前のめりに倒れていく。

初音の技に気を取られている隙に、町人が腰の脇差を抜こうとしてきた。それに気づいた喜三郎は、抜こうとする手首をつかみ、これもひねった。

「ぎゃあっ」

町人の悲鳴が参道に響く。

初音は四人目の武士と対峙《たいじ》していた。

「何人、刺客をよこしても同じです。私は藩のため、国元の民のため、死ぬわけにはいきません」

「彦次郎《ひこじろう》様こそ、藩主にふさわしいお方ですっ。姫、藩のためにお覚悟をっ」

と言うなり、四人目の武士が初音に斬りかかる。

四人目はこれまでの藩士たちとあきらかに違っていた。太刀《たち》さばきがすばやく、初音は防戦一方になり、じわじわと下がっていくだけとなる。

まずい。目の前で初音が斬られる姿は見たくない。

喜三郎は町人の手首から手を放すなり、すばやく大刀を抜き、峰に返しざま、肩に振り落とした。手首の痛みで動きが鈍っていた町人はもろに受けて、崩れていった。

喜三郎は初音のもとへと駆けていく。

初音は四人目の武士と鍔迫り合いを演じていた。じわじわと下がり、大木の幹を背にしている。

「初音さんっ」

「助太刀は無用ですっ」

凛とした目で鍔迫り合いの相手を見つめつつ、初音がそう叫ぶ。四人目の武士も、初音だけに集中していた。

四人目の武士の刃が、初音の美貌に迫る。初音は動じることなく、凛とした瞳で四人目の武士を見つめつづけている。

「考えなおすのです。おまえは、姫を殺そうとしているのですよ」

「藩のためです」

と言って、ぐりぐりと刃を押しこんでいく。

初音の美貌に傷がつく、と思った刹那、喜三郎はこつぶを投げていた。こつぶは、見事に四人目の武士の側頭部に当たった。

当たった刹那、四人目の武士の気が散った。その瞬間、

「たあああっ」

裂帛《れっぱく》の気合いをこめて、初音が押し返していった。

あまりに予想外の力を受けたのか、四人目の武士がふらついた。

初音はさっと身を引き、距離を取ると、またも飛びあがった。予想していたのか、四人目の武士が真上に切っ先を突きあげる。

「危ないっ」

股間を貫かれると思い、喜三郎は叫ぶ。

初音はきわどく切っ先をかわし、背後に着地した。振り返ると、四人目の武士も振り返っていた。真正面から斬りこんでくる。

そのとき、今度は初音はすうっと体勢を低くした。四人目の武士の刃が中途半端に空を切った刹那、初音が逆袈裟に斬りあげていった。

峰をもろに股間に受けて、ぐえっ、と四人目の武士の躰が固まった。

真正面から初音が峰を額に打ち下ろす。ぐえっ、と背後に倒れていった。

「初音さんっ」

喜三郎は駆けよった。

「助太刀は無用とおねがいしたはず」

息も乱さず、大刀を鞘《さや》に収めつつ、初音がそう言った。

「見事なお手前。感服いたしたぞ」

思わず、腕前を褒《ほ》めた。

初音は表情を変えず、本堂へと戻った。そこで大きな袋を拾い、その中に鞘ごと大刀を入れた。

「いつも、この袋に入れて持ち歩いているのです。おなごが腰に差していたら、目立ちますから」

と言って、ほつれ毛を梳《す》きあげる。髷《まげ》は乱れておらず、ほつれ毛を直すと、いつも見る品のよい娘に戻っていた。

「不覚を取ってしまいました」

裂かれた胸もとから白い晒がのぞいている。

「おなごは乳のぶん、どうしても不利なのです」

「そうかもしれぬな」

「ここで縫います」

と言うなり、小袖の帯を解《ほど》いていく。まわりには、四人の武士が倒れたままだ。

喜三郎の目の前で、初音が小袖を脱いだ。晒に包まれた乳房があらわれる。

「初音さん……」

喜三郎は視線をそらした。

「あら、もうすでに井戸端で、私のお乳をご覧になっているでしょう、香坂様」

と、初音が言う。

「あっ、あれか……わしだと気づかれていたか」

「やはり、香坂様だったのですね」

「鎌《かま》をかけたのか……悪い姫だ」

初音は脱いだ小袖から裁縫の道具を取り出した。白い晒で胸もとを包み、腰巻を巻いた姿で、糸を通した針で裂かれた小袖を縫っていく。姫とは思えぬ、器用さを見せる。

晒からはみ出ている乳房には、無数の汗の雫《しずく》が浮いていた。それが次々と谷間に流れている。

「もう、お菊長屋には住めなくなりました」

と、初音が言う。寂しそうな表情だ。

「上屋敷を出て三月《みつき》。また、あらたな家を探さなければなりません」

「そうであるな」

「なにも聞かないのですか」

初音が不思議そうに喜三郎を見る。

「話したいか、初音さん」

「いいえ……」

「そうか。話したくなったら、話してくれ」

「ありがとうございます」

「用心棒の口があるが、どうかな、初音さん」

と、喜三郎は聞いた。

二

初音とともに、まっすぐ千鶴の家に向かった。

「帰ったぞっ」

と、声をかける。すると庭から、

「はーい」

千鶴の声がした。初音とともに庭に入ると、千鶴は行水をしていた。庭に大きな盥《たらい》を置き、そこに裸で浸《つ》かっていた。まる出しの乳房を隠そうともしなかった。

むしろ、喜三郎と連れの女に見せつけるような感じであった。

「あら、そちらは」

初音を見ても、千鶴は表情を変えなかった。やはり、肝《きも》が据わっている。

「並木屋の息がかかった者が襲ってきたら、どうするつもりだったんだ」

「そんなすぐに、新しい悪党を用意できませんよ。強い用心棒がついていることは耳に入っているはずだから、今頃、腕の立つ浪人者でも集めているんじゃないかしら」

「なるほど。そうかもしれぬな。だから、咲良さんの用心棒もゆるしたのだな」

「そうですよ。それで、そちらの美人は」

「初音と申します」

一歩前に出て、初音が千鶴に頭を下げた。

「しばらく、初音さんを用心棒として雇ってくれないか」

「あら。こちらの美人は、魔羅《まら》はついていませんよ」

と、千鶴が言い、初音がはっとした顔で、喜三郎を見た。

まずい。これで千鶴ともまぐわったことが、初音にわかってしまった。

「香坂様の魔羅はおいしいですよね」

千鶴が同意を求めるように、初音に聞く。

「初音さんは、気安く魔羅を舐《な》めるようなお方ではないのだ」

「あら、私は誰の魔羅でもしゃぶるわけではありませんよっ」

千鶴が頬《ほお》をふくらませる。

「そうであるな」

「私はまだ、尺八《しゃくはち》というものは知りません」

まじめな表情で、初音が言う。

「ただ、魔羅はこの前、はじめて見ました」

と言って、喜三郎を見て、初音が頬を赤くした。

「あら、香坂様の魔羅を見たのですね。どうでしたか。おいしそうだったでしょう」

「力を感じました。男の力を」

喜三郎をじっと見つめ、初音がそう言う。

「まあ、男の力ね。咥《くわ》えると口に感じ、入れていただくと躰全体で感じますよ」

「そうですか……千鶴さんがうらやましいです」

と、初音が言う。

「私のどこがですか」

「香坂様とまぐわうことができて……」

と言い、さらに頬を赤くさせた。

「あらま。お熱いのね」

喜三郎は目をまるくさせていた。

今、初音はなんと言った。香坂様とまぐわうことができて、千鶴がうらやましいと言わなかったか。さすがに、わしの聞き間違いであろう。

「まぐわえばいいじゃないかしら、初音さん。いつあの世に往《ゆ》くか知れたものじゃないですよ。それなら今、やりたいことやらないと。これから、どうですか」

千鶴がとんでもないことを言う。

「それはできません」

初音がまじめな顔で答える。

それはそうだ。わしのような浪人者と姫と呼ばれた初音がまぐわうなど、ありえぬことだ。

「どうしてかしら」

「私は生娘《きむすめ》です」

いきなり、処女であることを告げる。

「私の子宮《こつぼ》に精汁を注ぐことができる男は、藩主にふさわしい男だけなのです」

「藩主……あなた、姫様なのね」

「はい……」

初音がうなずいた。

「香坂様、こちらのお方を用心棒にします」

「よいのか」

「だって、姫様に身を守ってもらうなんて、もう二度とないことでしょう」

「まあな。それで、用心棒代だが」

「しばらくここに置いてさしあげますよ」

「さすが女将《おかみ》だな。察しがよい」

「ところで、腕のほうは確かなんでしょうね」

初音が手にしていた長袋から、鞘ごと大刀を取り出した。そして盥の前で、すらりと大刀を抜く。

「葉っぱを」

喜三郎に向かって、初音が言う。喜三郎は盥のそばに落ちていた葉を二枚拾い、ふわっと宙に投げた。

初音が目にもとまらぬ太刀さばきを見せる。

すると千鶴のたわわな乳房に、ばらばらになった葉が落ちてきた。

夕刻、喜三郎は神楽坂に来ていた。大畑に会うためだ。

喜三郎の脳裏には昨晩の、美緒の白い美貌が、成瀬と口吸いをしたときの横顔がずっとこびりついていた。

日が暮れるとともに、藩士たちが酒を飲みに出てきていた。大畑はかなりの酒好きであった。必ず酒を飲みに出てくると踏んでいた。

上屋敷のそばで半刻《はんとき》ほど待つと、大畑があらわれた。ひとりであった。声をかけようとしてやめた。大畑がやけに緊張していたからだ。

その顔を見て、もしや、と喜三郎は思った。

成瀬と美緒を繋《つな》いだのは、もしかして大畑ではないかと考えていた。それが当たっているような気がした。江戸に来て、美緒が頼ることができる藩士は、大畑くらいなのだ。

大畑は近くの居酒屋などには見向きもせず、足早に神田《かんだ》のほうに向かっていく。

そして、神田のとある居酒屋に入った。しばらく待って、喜三郎も暖簾《のれん》を潜《くぐ》った。

「いらっしゃい」

小女《こおんな》が声をかける。見まわすが、大畑の姿はなかった。

喜三郎は懐《ふところ》からこつぶを取り出し、小女に握らせると、

「さきほど入った武士はどこに」

と聞いた。

「お二階です」

と答える。

「連れはいるのか」

「はい。女の方が」

こつぶが利いて、小女はあっさりと答える。

「案内してくれるか」

「あの、争いごとは困ります」

大畑と美緒が密会していて、そこに夫が乗りこむ絵図でも想像したのか。

「ふたりとも友人だ」

そうですか、とうなずく。信じたかどうかわからないが、こつぶが利いていて、小女が階段をあがりはじめる。そのあとを、喜三郎はついていく。

もうすぐ、美緒と会える。三月半ぶりである。昨晩、屋根船の中の美緒を見ているから、正確には三月半ぶりではないが、言葉を交わすのは三月半ぶりだ。

国元を出たときは、まさか、こういう形で、美緒と再会するとは想像していなかった。

二階にあがった。襖《ふすま》が三つ並んでいる。その一番奥に小女が向かい、喜三郎を見た。喜三郎がうなずくと、

「お連れの方がお見えになりました」

と、中に声をかけた。そしてすぐに、喜三郎自身が襖を開いた。

四畳半ほどの座敷であった。卓を挟んで、大畑と美緒が向かい合っていた。

「香坂……」

「香坂さ、様……」

大畑も美緒も目を見張っていたが、思ったほど驚いてはいなかった。やはり、美緒は昨晩、猪牙《ちょき》船《ぶね》で追った喜三郎に気づいていたのだ。

「久しぶりだな、大畑」

大畑に挨拶《あいさつ》し、そして美緒を見た。

「やっと会えました、美緒どの」

と言いながら、美緒の前に膝をついた。

「こ、香坂様……申し訳ございませんっ」

美緒はいきなり、喜三郎に向かって深々と頭を下げた。

「美緒どのっ……ならぬっ」

いきなり謝りはじめた美緒を、大畑が腰を浮かせて止めようとする。

「よいのです。私の躰は汚れてしまいました。清い躰で、香坂様をお迎えするつもりでした。申し訳ございませんっ」

美緒の口から、汚れた、と聞くと、やはりあの口吸いだけではないのか、と唇を嚙《か》みしめる。

「昨晩、元勘定方の成瀬監物と会い、成瀬と口吸いをしました」

「仕方がないことなのだっ、香坂っ」

大畑が叫ぶ。

「美緒どの、口吸いだけなのか」

はい、と美緒がうなずく。

「信じてよいのだな」

「喜三郎様にはうそはつきません」

真摯《しんし》な瞳で喜三郎を見つめ、美緒がきっぱりとそう言った。

「そうか。よかった……」

ほっとした。あの口吸い以上のことはしていない。

「昨晩、大川の上の屋根船の中で、成瀬に無理やり唇を奪われました。それを、喜三郎様、ご覧になっていましたよね」

「そうなのかっ、香坂っ」

大畑が目を見張る。

「見ました、美緒どの」

「やはり、あの猪牙船のお方は、喜三郎様だったのですね」

美緒の美貌に影が射《さ》す。許婚《いいなずけ》以外の男との口吸いを見られてしまったのだ。動揺するだろう。

「成瀬が父上を斬ったのですか」

「斬ったのは、成瀬ではありません」

「そうなのか」

喜三郎はてっきり成瀬が斬ったのだと思っていた。それを美緒が見ていたと。

「斬ったのは、成瀬の部下の笹山《ささやま》です」

「笹山が……斬ったのか……」

笹山は成瀬の腹心の部下であった。

「あのとき、私は木陰からのぞいていました。父は公金に手をつけたことについて、否定していました。すると、笹山が大刀を抜いて斬ったのです」

「では、笹山の一存か」

「いいえ、笹山が大刀を抜く前に、成瀬がうなずくのを見ました」

「成瀬が斬れと命じたのだな」

「はっきり斬れとは言っていません。うなずいただけです」

「そうか……いずれにしても、吉川どのから斬りかかってはいないのだな」

「はい。でも、あそこで私が訴え出ても、父を守るために偽《いつわ》りを言っていると、相手にされないと考えたのです」

「それで、藩を出たのだな」

「はい。私自身の身の危険も感じて……」

「しかし、なぜ、わしにひとこと、言ってくれなかったのか、美緒どの」

「申し訳ございませんっ。喜三郎様にはご迷惑をかけたくなかったのです」

「迷惑など……許婚ではないか」

「許婚の件ですけれど……破談にさせてください」

まっすぐ喜三郎を見つめ、美緒がそう言う。

「どうしてだっ」

「成瀬の口で、私の躰は汚されてしまっているのですっ」

美緒がそう言う。

「美緒どのは、汚れてなどおらぬっ」

そう叫ぶなり、喜三郎は美緒のあごを摘《つ》まみ、その可憐《かれん》な唇を奪っていた。

考えるより先に、躰が動いていた。考えていたら、とてもできないことであった。もしかして、咲良や千鶴との経験が、喜三郎に大胆な行動を促したのかもしれなかった。

驚いたのか、美緒は一瞬、唇を引こうとしたが、すぐに委《ゆだ》ねてきた。

喜三郎はそのまま、しっかりと閉じている美緒の唇を舌先で突いた。すると、美緒の唇が開いていった。

喜三郎はぬらりと舌を入れていく。美緒は舌を縮こまらせていた。

喜三郎は、いったん口を引いた。

「喜三郎様……汚れている私と口吸いなどしたら……喜三郎様も汚れてしまいます」

「そのようなことはないぞっ」

今一度、美緒の唇を奪う。今度は、美緒は唇を半開きにさせたまま受けていた。

舌を入れると、美緒がおのが舌を委ねてきた。ねっとりとからめると、美緒が躰を震わせる。

成瀬とは、口と口を合わせただけにすぎぬ。こうして、舌と舌とをからめたわけではないはずだ。

一度からめると、美緒のほうから積極的にからめはじめた。

唾《つば》は清い味がした。なにものにも汚されていない清廉《せいれん》な味であった。咲良の唾の味と似ていた。

美緒の唾を味わっていると、喜三郎の躰が清められていくように感じる。それでいて、下帯《したおび》の中は鋼《はがね》のようになっていた。

いつまでも舌をからめていたかったが、息継ぎをするかのように、美緒が唇を引いた。

「ああ……喜三郎様と……唾を……交換してしまいました」

「唾をっ」

ずっと脇で口吸いを見せつけられている大畑が、上ずった声をあげた。

「美緒どのの唾は清い味がしたぞ。美緒どのは決して汚れてなどおらぬ。それに、成瀬とは舌はからめておらぬのであろう」

「していません……」

と、美緒はかぶりを振る。

「ああ、喜三郎様と唾を交換して、美緒の穢《けが》れが取れていくような気がします。もっと、おねがいできますか」

と言って、喜三郎を見つめる美緒の瞳に、おんなを感じた。

ただただ品のよいお嬢様だと思っていたが、美緒も大人のおなごになっていたのだ。

「大畑、すまぬな」

と謝り、また美緒のあごを摘まむと、口を重ねていく。すぐさま、ぬらりと美緒の舌がからんでくる。このまま押し倒したい気になる。

こちらからも唾を注ぐと、美緒が唇を合わせたまま、ごくんと飲んでいく。

美緒どのがわしのような男の唾を飲んでいるっ。

美緒も唾を注いできた。喜三郎も、もちろん嚥下《えんか》していく。

うまい。喉から胃が洗われるようだ。

唇を引くと、

「おねがいがあります」

と、美緒が言った。

「明日、成瀬監物と会います。恐らく、私を抱こうとします」

「いかんっ。それはならんぞっ」

「成瀬の口から父を斬ることを命じたことを聞くためには、この躰を犠牲にするのも厭《いと》いません」

しっかりとした口調で、美緒が決意を示す。

「美緒どの……」

「成瀬に汚される前に……喜三郎様に美緒をおんなにしていただきたいのです」

「そ、それは……」

「私の処女の花びらを……喜三郎様のお魔羅で散らせてくださいませんか」

おねがいします、と美緒が頭を下げた。

三

喜三郎と美緒は不忍池《しのばずのいけ》のほうに向かって歩いていた。不忍池のまわりには、出合茶屋《であいぢゃや》が多くあるらしい。出合茶屋とは、まぐわうための茶屋だと聞いた。

大畑の案内で向かっていた。

ひとまわり前、大畑の前に美緒があらわれたのだと言う。美緒は成瀬と会う手筈《てはず》を大畑に頼んだのだ。会えば美緒の身が危ないと案じた大畑はいったん断ったが、美緒の必死の願いに負けて手筈を整え、昨晩、屋根船の中で会うようにしたらしい。

今朝、上屋敷の中で成瀬に呼ばれ、明日の夜、また美緒と会ってもよいと言ってきたという。

——恐らく、いや、必ず成瀬は美緒どのの躰を欲しがるだろう。

——しかし、躰を委ねない限り、成瀬の口から真実を聞くことはできないだろう。

苦渋《くじゆう》の表情で大畑が言った。

そして、大畑も今宵《こよい》、喜三郎と美緒が肉の契《ちぎ》りを交わすことを勧めた。そして今、大畑が案内する形で向かっていた。

不忍池のそばにやってきた。すると、出合茶屋がずらりと並ぶ一角が見えてきた。とともに、男とおなごのふたり連れが多く見られるようになった。

大畑が立ち止まった。

「では、私はこれで」

かたじけない、ありがとうございました、と喜三郎と美緒は頭を下げた。

「こちらです」

小女が二階へと案内する。ぎしぎし軋《きし》む狭い階段をあがると、廊下に沿って、ずらりと左右に六つの襖が並んでいる。

小女が廊下を奥へと進んでいく。すると、途中の襖から、ああっ、とおなごのよがり声が聞こえてきた。

それは場所が場所だけに、とても淫靡《いんび》に聞こえ、その声で、喜三郎は一気に勃起させてしまった。

どうぞ、と突き当たりの襖を小女が開く。喜三郎、そして美緒の順に入っていった。

入ってすぐは三畳ほどの座敷になっていた。当然狭い。奥に襖がある。あの向こうに床が敷かれているのだ。

小女が下がり、三畳の間に喜三郎と美緒は座る。

美緒を見ると、真っ青になっている。

やめたほうがよいのではないのか。これは明日、美緒が成瀬に抱かれることを前提にした行動だ。成瀬に処女の膜を破られるのなら、その前に、喜三郎の魔羅で破られたいということだ。

行くな、と言えばよいのか。それは無駄だ。美緒は西国より江戸まで来ているのだ。覚悟が違う。

「ああっ、ああっ、ああっ、いい、魔羅、いいよっ」

いきなり、向こうの壁からおなごのよがり声が聞こえてきた。

すると、真っ青だった美緒の頬に朱色がさしてきた。

それに、喜三郎は言いようのない昂《たかぶ》りを覚え、思わず膝に乗せられた美緒の手をつかんでいた。

すると、俯《うつむ》いていた美緒がはっと美貌をあげた。

そのまま、ぐっと引きよせると、唇を奪った。美緒はすぐさま唇を開き、喜三郎の舌を受け入れた。

「うんっ、うっん、うんっ」

お互いの舌を息を荒くして貪《むさぼ》り合う。

乳だっ。美緒どのの乳をつかみたいっ。

その思いで帯を解くよりはやく、身八《みや》つ口《くち》より手を入れていった。するると、指先にやわらかなふくらみを感じた。乳房だっ、とそのままつかんでいく。

美緒は舌をからめたままでいる。美緒の乳房は思いのほか豊かで、手のひらで包みきれない。

「ああ、魔羅、魔羅っ、いい、いいっ」

隣からのよがり声が高くなる。

その声に煽《あお》られ、喜三郎はぐいっと五本の指をやわらかなふくらみに押しこんでいく。

「ああっ……」

唇を解き、美緒があごを反らす。

はじめて見る色っぽい表情に、喜三郎の全身の血が沸騰《ふっとう》する。

「美緒どのっ」

名を呼び、強く乳房を揉《も》んでいく。

「あ、ああっ、いく、いくいくうっ」

隣からいまわの声がした。男も放ったのか、静かになった。

喜三郎は身八つ口より手を引いた。

隣の襖を開く。すると、緋色《ひいろ》のかけ布団が目に飛びこんできた。行灯《あんどん》の光に浮かびあがっている。

喜三郎は美緒の手を取り、寝間へと入った。美緒が襖を閉めると、途端に卑猥《ひわい》な空気に包まれる。

寝間も三畳ほどしなかった。布団があるだけだ。まぐわうだけだから、これで充分だろう、という作りだ。

確かにこれで充分だ。むしろ、狭いほうがよい。今も美緒の匂い、息づかいをそばで感じている。

喜三郎は腰から鞘ごと大刀を抜き、枕もとに置いた。そして、自ら帯を解いていく。こちらが先に脱いだほうがよいかと思ったのだ。

着物を脱ぐと、ぶ厚い胸板、太い腕があらわれる。

「喜三郎様は……おなごは……もう、ご存じなのですよね」

美緒が聞いてくる。まっすぐ胸板を見つめている。

「江戸に来て……知った」

喜三郎は正直に答えた。

「江戸に来て……まだ、半月くらいなのでしょう」

「そうであるな」

「まあ……江戸のおなごって、怖いですね」

「そうだな。怖いな」

美緒が白い歯を見せ、喜三郎もつられて笑った。少しだけ、緊張が解けた。

「なんだか、安堵《あんど》しました……」

と、美緒が言う。

「そうか……」

「私だけ、口吸いはふたりめなんて……うしろめたいから……」

「三人目だ」

と、喜三郎は言った。

「えっ……」

「美緒どのは三人目のおなごになる」

美緒を安堵させるために、喜三郎はそう言った。果たして、安堵に通じるのか。

「えっ……三人目って、たった、半月ほどで、ふたりも……」

「そうなるな」

「えっ……喜三郎様が……江戸のおなごと……ふたりも……信じられません」

「国元ではおなごには縁がなかったからな」

「いえ、そういう訳では、ありません……」

「国元では、ちと堅かったかな」

「そうですね」

美緒がうなずく。国元では堅物《かたぶつ》と思われていたようだ。ただただ何ごとにも慎重なだけだったのだが。

「なぜか、江戸に出てきて、すんなり動けるようになっているのだ。今もそうだ。国元にいたら、いかなる理由があっても、このようなところに美緒どのと来ることはない」

「浪人の身になって、軽くなったのですよ、喜三郎様」

「軽く、なった……」

「武士としての重しみたいなものが取れたように見えます」

下帯だけの喜三郎をじっと見つめ、美緒がそう言う。

「そうか」

「そんな喜三郎様も……あの……」

「なんだ」

「い、いえ……」

美緒の美貌が赤く染まる。わかるでしょう、という目で見つめてくる。

なんとなくわかったが、なんとなくだ。はっきり聞きたい。

「なんだ。美緒どのの気持ちを聞きたいな」

「あの……今の喜三郎様のほうが……あの……す、素敵です」

と言って、俯いてしまう。

「今、なんと言ったのだっ」

素敵と聞こえたが、聞き間違いか。

「二度も言えません」

と言って、美緒のほうから抱きついてきた。ぶ厚い胸板に品のよい美貌を埋《うず》めてくる。

「美緒どのっ」

喜三郎はしっかりと美緒を抱きしめる。

「ああ、喜三郎様とはやくこうしたかったです」

「わしもだ……」

「ああ、喜三郎様の匂いがします」

美緒は強く胸板に美貌を押しつけている。

「臭いのではないか」

「いいえ……この匂い、好きです……道場によく喜三郎様の稽古を見に行っていました」

「そうであるな」

「あれは喜三郎様の稽古のあとの匂いが好きで……それで通っていたのです」

「そうなのかっ」

驚き、美緒の上体を起こし、問うように見つめる。

美緒は品のよい美貌を真っ赤にさせている。

「ああ、今日の私、変です……」

かぶりを振ると、恥じらう表情を隠すように、再び喜三郎の胸板に美貌を埋めてくる。

そのとき、美緒の唇が喜三郎の乳首に触れた。

ぞくぞくっとした刺激に、思わず、あっ、と声をあげてしまう。

まずい。聞かれたかと思ったが、大丈夫のようだ。いや、大丈夫ではなかった。

美緒が喜三郎の乳首を唇で含み、吸いはじめたのだ。

あまりに不意をつかれ、しかも、あまりに気持ちよくて、

「あ、あんっ」

なんとも情けない声をあげてしまう。

これは奈美や咲良、そして千鶴が悪いのだ。あのおなごたちが、喜三郎の乳首を開発してしまったのだ。

喜三郎の予想外の反応に煽られたのか、美緒はそのままちゅうちゅうと乳首を吸ってくる。

「あ、ああ……」

たまらなかった。乳首を吸っているのは、あの美緒どのなのだ。気品にあふれた、清廉な匂いのする美緒どのが、わしの乳首を吸っているのだっ。

これで感じないはずがない。

美緒が美貌をあげた。これで終わりかと思ったが、違っていた。今度は、もう片方の乳首に吸いついてきたのだ。

「ああ、ああ……」

恥ずかしながら、どうしても声が出てしまう。

まさか、はじめての秘めごとで、美緒に先手を取られるとは。

喜三郎も美緒の乳首を吸いたくなった。そもそも、まだ美緒はなにも脱いでいない。

四

喜三郎は美緒の肩をつかむと、胸板に埋めている美貌を起こした。

すると、美緒がはっとしたような表情を見せた。

「私、今、なにを……ああ、はしたないことをしましたよねっ」

「そうであるな。わしの乳首が、美緒どのの唾だらけだ」

わざとそう言う。国元にいたときは、こんな言い方は絶対しなかった。やはり江戸に来て、重しが取れたのだろうか。

「あっ、ごめんなさいっ。ああ、なんてことをっ」

行灯の明かりを受けて、喜三郎の乳首が美緒の唾で絖光《ぬめひか》っていた。

「わしもしたいな」

と言う。

「えっ……し、したいとは……」

「わしも、美緒どのの乳首を唾まれにしたいな」

「喜三郎様……」

美緒が目をまるくさせている。自分がしたことを恥じていたが、乳首を舐めたいという喜三郎にも驚いている。

「喜三郎様、江戸に来て、頭でも打ちましたか」

冗談まじりに、美緒が聞いてくる。

「そうかもしれぬな。今、用心棒をやっていてな」

「そうなのですかっ」

「乳首、唾まみれにさせてくれ、美緒どの」

「喜三郎様が、そうお望みなら……」

と言うと、美緒は自ら帯を解いていく。緋色の布団の上で帯を解く姿は、それだけで喜三郎の血を熱くさせていた。

美緒が小袖の前をはだけた。肌襦袢《はだジュバン》があらわれる。

思えば、奈美、咲良、千鶴、そして初音と四人ものおなごの乳房を目にしてきたが、誰も肌襦袢など着ていなかった。いきなり乳房を目にしていた。

美緒は、はあっ、と羞恥《しゅうち》のため息を洩《も》らし、小袖を肩より滑らせていく。

肌襦袢だけとなる。それだけでも、ぞくぞくする。

肌襦袢姿は、想像以上に色香を感じた。美緒も清廉なだけのおなごではないのだ。割れ目の奥には咲良や千鶴のような、燃えるような女陰《ほと》が息づいているのだ。

それは美緒も変わらない。美緒もおなごだ。喜三郎の汗の匂いに躰を疼《うず》かせ、乳首を吸うおなごなのだ。

美緒が肌襦袢の腰紐《こしひも》も解いた。うつむき加減で脱いでいたが、肌襦袢に手をかけると、まっすぐに喜三郎を見つめてきた。

そして、肌襦袢も肩より滑り落としていく。

乳房があらわれた。行灯の明かりを受けて、白く浮きあがる。

「ああ、美緒どの」

想像以上に、豊満であった。千鶴や初音と負けず劣らぬ美乳であった。

乳首はわずかに芽吹いていた。

腰巻だけとなった美緒は、はあっ、と火の息を洩らし、両腕を抱こうとした。

「ならぬっ」

喜三郎は大声をあげていた。

「ごめんなさい……」

と謝り、美緒が抱くのをやめる。

「いや、大声を出して、わしこそすまなかった。乳首をもっと見ていたくてな」

「ああ、見るだけですか」

美緒が大胆なことを言う。

「いや、見るだけではないぞ、美緒どの」

と言うなり、喜三郎は美緒の乳房に顔を埋めていった。

江戸での、咲良たち相手の経験がなかったら、絶対、喜三郎からおなごの乳に顔を埋めることはしなかったであろう。武士の恥だと自分を律していたはずだ。

が、今、おのが欲望のまま、美緒の乳房に顔面をこすりつけている。

顔面が美緒の匂いに包まれる。それだけでもう、夢心地の気分だ。

顔面はやわらかなものに包まれている。口で乳首を捉えた。美緒をまねて、ちゅうっと吸ってみる。

「ああ……」

かすかに、美緒が声を洩らす。

喜三郎はそのまま、ちゅうちゅう吸いつづける。すると、

「はあっ……ああ……」

美緒が反応を見せる。喜三郎は美緒とのはじめてのとき、美緒はなにも反応しないだろうと勝手に想像していた。が、現実は違っていた。

もしかしたら、美緒自身も国元を捨てて、心身ともに身軽になっているのかもしれぬ。武士のおなごはこうあるべきというものを捨てて、ひとりのおなごになっているのかもしれない。

これは、ひとりのおなごの声だ。おなごの反応だ。

喜三郎は顔をあげると、右の乳首を見た。喜三郎の唾で絖光っている。

「わしの唾で濡れておるな」

と口にする。

「はい……喜三郎様のお唾です……」

唾まみれとなった乳首がつんととがりはじめる。

喜三郎は手を伸ばすと、その乳首を摘まみ、ころがした。

「はあっ、あんっ……」

美緒が甘い喘《あえ》ぎを洩らした。喜三郎を見つめる瞳が、妖《あや》しく潤《うる》みはじめている。

なんてことだ。美緒どのもこんな目をするのか。

今宵、わしがおのが魔羅でものにしないと、成瀬に取られてしまうぞ。わしの魔羅で刻印を打つのだ。

喜三郎は美緒の腰巻に手をかけた。

すると、美緒も喜三郎の下帯に手を伸ばしてきた。

同時に、腰巻と下帯を取った。美緒の恥部があらわれ、そして喜三郎の股間があらわになる。

「あっ、すごい……」

美緒が驚きの声をあげる。

「はじめて……見ました……」

喜三郎の肉の刃は、見事な反り返りを見せていた。鎌首《かまくび》の張りも大きい。

喜三郎は奈美や千鶴に魔羅を褒められ、自信を持っていた。自信を持って、美緒にさらしていた。

「あ、あの……」

「握ってよいぞ、美緒どの」

「ありがとう、ございます……」

魔羅を握るのに礼を言って、美緒が手を出してくる。

白い指で恐るおそるつかんでくる。

「あっ……硬いです……」

「そうであるな」

「このような硬いものを、ずっと秘めていたのですか」

「いや、普段はやわらかいのだ。そうだ。それは男の急所だ」

「急所……」

「そうやって握って安心させて、ひねるのだ」

「ひねる……こうですか」

と言って、美緒が素直にひねりはじめる。

「ううっ、痛いっ」

「ごめんなさい……」

美緒があわてて手を引く。

「急所ゆえに、ちょっとした責めに弱いのだ」

「そ、そのようですね。ごめんなさい」

あらためて右手で胴体をつかみ、左手の腹で、よしよしというように鎌首を撫《な》でてきた。不意をつかれ、今度は快感に、ううっ、とうめく。

「ごめんなさい。撫でるのもだめですか」

「いや、撫でるのは構わんぞ、美緒どの」

そうですか、と言って、美緒が鎌首をそろりそろりと撫でてくる。

「あ、ああ……」

喜三郎は思わず声をあげてしまう。どうも乳首吸いより、声をあげるくせがついてしまっていた。武士として情けないが、声を抑えることができずにいる。

「あっ、なにか出てきました」

美緒が左手を鎌首から引いた。鈴口《すずぐち》より、先走りの汁がにじみはじめていた。

「それは、我慢の汁だ」

「我慢の……お汁……喜三郎様、今、我慢なさっているのですか」

「いや、まだそうでもないが……」

「我慢は躰に毒です。我慢なさらずに、出してくださいませ」

「いや、精汁はむやみに出すものではないのだ。それに、武士の精汁は家を維持する大切な子だねだ。一発一発を粗末にはできぬのだ。必ず、女陰に出すものなのだ」

「そうですね。これが子だねの素《もと》ですか」

と言いながら、美緒が珍しそうに指の腹で先走りの汁をなぞってくる。そのまま、鎌首にひろげていく。

「あ、ああ……」

先走りの汁を塗《まぶ》すように撫でられる感覚がたまらない。つい、腰をうねらせてしまう。

喜三郎の目が、美緒の股間に向かう。

淡い陰りがあるだけで、おなごの秘裂がすうっと通っているのが見えた。

美緒の入口だっ、と思うと、股間に劣情の血が集まってくる。

「あっ、また、たくましくなりました」

胴体を握っていた美緒が驚きの声をあげる。

「立ってくれないか、美緒どの」

「た、立つ……美緒は今、なにも着ていません」

「だから、立ってほしいのだ」

「ああ、ご覧になりたいのですね」

甘くかすれた声で、美緒がそう言う。

「ああ、見たい。美緒どのの女陰を、この目ではっきりと見たいっ」

わかりました、と美緒が素直に緋色のかけ布団の上で立ちあがった。

喜三郎の目の前に、美緒の恥部があらわになった。

ひと握りの下の毛が、恥丘を飾っているだけで、おなごの花唇は剝《む》き出しとなっている。

当然のことながら、ぴっちりと閉じている。行灯の明かりを受けて、そこだけ浮きあがっているように見える。

「ああ、きれいだ、美緒どの」

「はあっ……ああ、このようなところに、美醜《びしゅう》などあるのですか」

羞恥の息を吐くように、美緒が聞く。

「あるぞ」

喜三郎は手を伸ばし、美緒の割れ目をなぞりはじめる。

「あっ……」

ひとなぞりするだけで、美緒がぴくっと下半身を動かす。

喜三郎はそろりそろりとなぞり、そのまま割れ目の頂点で息づく肉の芽を突いた。

「あっ……」

美緒が甲高《かんだか》い声をあげる。やはり、ここがおなごの急所だ。

喜三郎は美緒の恥部に顔を埋めていった。

「あっ、喜三郎様っ、なにをっ」

肉の芽をぺろぺろと舐めていく。

「あ、ああっ……喜三郎様っ……いけませんっ」

美緒の下半身ががくがくと震える。

喜三郎は口に含むと、乳首のようにちゅうちゅう吸っていく。

「あっ、ああ、なりませんっ、ああ、そのようなところ、ああ、なりませんっ」

吸っていると、かすかに薫《かお》っている甘い汗の匂いとは違ったものが、喜三郎の鼻孔をくすぐりはじめた。

これは女陰より薫っているものではないのか。それが割れ目よりにじみ出ているのではないのか。

喜三郎は美緒の恥部より顔をあげた。

花唇は相変わらず、ぴっちりと閉じている。が、間違いなく、この奥より出ている匂いだと思った。

「美緒どの、割れ目を開いてよろしいか」

喜三郎は美緒に問う。

「ああ……そのようなところ……ご覧になるところではありせん」

「開くぞ、美緒どの」

喜三郎は割れ目に指を伸ばした。

「だめっ」

と、美緒が腰を引く。が、構わず、喜三郎は手を伸ばし、割れ目に指を添えると、美緒の肉の扉をくつろげていった。

第五章　くノ一の加勢

一

花が咲いていた。

ひと目で穢《けが》れを知らないことがわかる花びらだ。

花びらを目にした刹那《せつな》、昂《たかぶ》りよりも、心が洗われるような気持ちになった。

「あ、ああ……どう、どうですか、喜三郎様」

「うぬ……」

喜三郎は無言のまま、美緒の無垢《むく》な花びらを凝視しつづける。

「なにかおっしゃってください……喜三郎様」

「ああ、すまぬ。美しすぎて、つい見惚《みと》れてしまったぞ」

「そ、そうなのですか……」

「この花びらをこれから、わしの魔羅《まら》で穢してよいものか……」

「喜三郎様の魔羅で、おなごにしてください。そうでないと……明日、成瀬監物の魔羅で……」

「ならんっ。それはならんぞっ、美緒どのっ」

と叫び、喜三郎は思わず、無垢な花びらに顔面を押しつけていく。すると、おなごの匂いに顔面が包まれる。

無垢ではあったが、美緒も年頃のおなごだ。花びらの奥では、おんなに向けて成長してきているのだ。

魔羅で突き破ることで、それを一気に開花させることになるのだろう。そして美緒の蕾《つぼみ》を開花させるのは、喜三郎の魔羅しかない。決して成瀬にゆるしてはならない。

「私の女陰《ほと》を、喜三郎様の精汁で白く染めてくださいませ」

「うう……」

喜三郎は顔面を花びらに押しつけたまま、うなずいた。

さっと顔を引く。

「あの、頼みがあるのだが」

「なんでしょう」

「あの……舐《な》めてもよいか……」

「もちろんです……喜三郎様……生娘《きむすめ》の花びらを味わってください」

「ああ、美緒どのっ」

美緒を追って江戸を出たとき、まさか、こういう展開になるとは想像もしていなかった。

「では、おなごにする前に、ひと舐め」

と言うと、舌を出して、花びらに寄せていく。

「あっ、いけませんっ」

とまた、美緒が恥じらいのあまり、腰を引く。が、喜三郎は左手を美緒の尻にまわし、しっかり押さえると、清廉《せいれん》な花びらをぞろりと舐めていく。

「あっ……」

美緒の下半身が硬直する。

喜三郎はぺろぺろ、ぺろぺろと舐めていく。すると、じわっと蜜《みつ》が出てきた。

蒼《あお》い果実のような味だ。

この味を味わえるのは、今このときだけだ。

喜三郎は貪《むさぼ》るように、美緒の花びらを、にじみ出す蜜を舐めていく。

「あ、ああ……ああ……」

美緒の足ががくがく震え出し、そして、がくっと膝《ひざ》を折った。緋色《ひいろ》のかけ布団の上に尻餅《しりもち》をつく。

が、喜三郎の顔面は美緒の股間にくっついたままだ。しつこく舐めつづけている。

「ああ、ああ……喜三郎様……」

美緒は仰向《あおむ》けになり、下半身をくねらせる。

喜三郎は息継ぎをするように顔をあげた。美緒の花びらは、あらたに出た蜜と喜三郎の唾《つば》でどろどろになっていた。

今、入れるときだという気がした。このまま未練たらしく処女花を舐めていてはならぬ、と思った。

「美緒どの、参りますぞ」

「はい……おねがいします、喜三郎様」

江戸に来て、半月もしないうちに、まさか、咲良、美緒とふたりの処女花を散らすことになるとは。

喜三郎は美緒の両足をぐっと開いた。

さっきまで喜三郎が貪っていた花びらは見えない。すでに、ぴっちりと閉じている。

そこに鎌首《かまくび》を当てる。先走りの汁で真っ白だ。それで割れ目をなぞると、白く汚れていく。

「ああ……喜三郎様」

美緒が喜三郎を見あげてくる。処女花を散らす覚悟と期待、そして恐れが混ざり合った眼差《まなざ》しをしている。

喜三郎は腰を突き出した。ひと突きで鎌首がめりこんだ。すぐさま、唾と蜜まみれの花びらに包まれる。

先端が薄い粘膜に触れた。美緒の処女の膜だ。

「参るぞ」

と言うと、ぐぐっと突き出した。薄い膜はあっけなく破れ、野太い鎌首が小さな穴を押しひろげるようにして、入っていく。

「う、ううっ」

美緒がつらそうにうめく。が、構わず、喜三郎は魔羅で肉の襞《ひだ》をえぐって、埋めこんでいく。

美緒の女陰はきつきつであった。咲良より狭かった。はじめてであれば、これ以上、埋めこむのをためらったか、すでに暴発していたかもしれない。

美緒がはじめてでなくて、よかったかもしれぬ。咲良に感謝だ。

喜三郎は美緒に埋めこみつつ、美緒とはこういう形で結ばれる運命であったのかもしれぬと思った。

美緒の父が斬《き》られ、美緒が出奔《しゅつぽん》したとき、喜三郎は我が運命を呪《のろ》ったが、こうなってよかったと感じていた。

「うう、うう……喜三郎様」

「痛むか」

「はい……」

美緒がうなずく。

「でも……うれしい痛みです……」

「うれしい、痛み……」

「はい。今、美緒の躰《からだ》の中で喜三郎様を感じています。まぐわいというのは……ああ、子を作るための儀式だと……うう、思っていました」

「そうであるな」

「でも、違うことが、今、喜三郎様の魔羅を女陰で感じてわかりました……ああ、今、美緒は幸せです」

と言って、美緒は笑顔を見せる。かなり痛むのか、引きつった笑顔になっている。が、その引きつった笑顔がたまらなく愛《いと》おしく感じた。

喜三郎は口吸いをしたく、上体を倒していく。すると、ぐぐっと奥まで貫くことになり、痛い、と美緒が叫んだ。

それでも、喜三郎は上体を倒していく。すると、美緒のほうからしがみついてきた。太い腕に五本の指を食いこませ、口吸いを求める表情を見せた。

喜三郎は口を押しつけた。ぬらりと舌を入れると、すぐさま美緒もからめてくる。と同時に、女陰が強烈に締まった。

「うう、ううっ」

舌をからめつつ、喜三郎はうなった。

「どうなさいましたか」

「いや、締まるのだ。ああ、魔羅が食いちぎられそうだ」

「えっ、今、締めているのですか」

「締めているぞ、美緒どの」

「もっと締めます」

股間に力をこめたのか、まさに鎌首が切り落とされるような錯覚を感じ、おうっ、と喜三郎は吠《ほ》えた。

「痛みますか」

「いや、心地よすぎるのだ、美緒どの」

ちょっとでも気を抜けば、そのまま暴発してしまいそうだ。それだけはならぬ、勝手に出してはならぬ、と喜三郎は歯を食いしばって耐える。

「やはり、痛むのですね」

喜三郎を見あげつつ、案じるように美緒が問う。

「いや、気持ちよいのだ」

「そうは見えません」

「うう、魔羅が……ああ、魔羅が……食いちぎられる」

喜三郎はまったく動かしていなかった。魔羅を女陰の奥まで入れているだけだ。それだけで、出しそうになっていた。

「喜三郎様、おつらそう」

またも強烈に締めてきた。限界だった。

「出すぞ、美緒どのっ。ああ、すまぬっ。もうだめだっ」

美緒の中で、喜三郎の魔羅が脈動した。凄《すさ》まじい勢いで精汁が噴き出す。

「あっ……」

美緒が目を閉じた。あごを反らし、喉を震わせる。

どくどく、どくどくと大量の飛沫《しぶき》が噴き出し、美緒の子宮《こつぼ》に襲いかかる。

「あ、ああ……ああ……ああっ」

精汁を浴びるたびに、美緒は声をあげていた。

汗ばんだ美貌《びぼう》は恍惚《こうこつ》の表情を浮かべていた。

美しかった。この世のものではない美しさだった。

喜三郎は美緒の美貌を見つめつつ、さらに脈動を続けていた。

二

美緒は安宿に泊まっていた。家から持ち出した金はすでに尽きていた。今は、大畑から借りているらしい。

喜三郎は自分が住んでいるお菊長屋に移るように勧めた。

――父上の汚名をすすいだら、喜三郎様のもとに行きます。

美緒はそう言った。固い決意と覚悟を感じて、喜三郎は美緒と安宿の前で別れた。

千鶴の家に戻る道すがら、これでよいのか、と何度も自問自答した。

明日、美緒は成瀬に抱かれる覚悟だ。躰をゆるし、真実を聞き出すつもりだ。

美緒の躰欲しさに、吉川欣吾を斬れと命じたことを認めるかもしれぬ。認めたら、美緒はどうするのか。その場で、成瀬の心の臓でも刺すのか。それは無理だ。

恐らく、お互い裸の場でしか認めないだろう。

美緒が成瀬が認めたと藩に訴えても、成瀬がしらっばっくれればおしまいだ。

美緒はどうする気なのか。わからない。

そもそも明日の夜、美緒と成瀬を会わせてよいのか。みすみす抱かれるのを見ていてよいのか。

喜三郎、おまえは、美緒どのの許婚《いいなずけ》ではないかっ。

美緒どのを止めようっ。

喜三郎は踵《きびす》を返そうとした。

そのとき、浪人たちの姿が見えた。

もしや、千鶴を狙《ねら》っているのではっ。

千鶴の家のそばまで来ていた。やはり、浪人たちが千鶴の家に入っていくのが見えた。四人だ。

「ならんっ」

喜三郎は血相を変えて駆け出した。

すると、ぎゃあっという男の叫び声が聞こえてきた。

千鶴の家から、浪人たちがあとずさってくる。

「初音さん……」

浪人たちを追い払うように、初音が家から出てきた。初音は大刀を構えていたが、驚くことに裸であった。

乳房も下腹の陰りも、なにもかも剝《む》き出しである。そして、その乳も太腿《ふともも》も濡れていた。どうやら、行水しているときに、浪人たちに襲われたようだ。

生まれたままの姿で、薄汚れた浪人たちと対峙《たいじ》する初音が、月明かりを一身に受けて絖白《ぬめじろ》く光っている。

そこだけ浮きあがって見えていた。

「邪魔だっ」

髭面《ひげづら》の浪人者が初音に斬りかかっていった。

初音は形よく張った乳房を揺らし、さっと躰をかわすと、髭面の肩に峰を落とした。髭面が、ぐえっ、と膝をついていく。

初音はそのままさらに乳房を弾ませ、残りふたりに向かっていく。

すると、助けてっ、と奥から千鶴の悲鳴が聞こえた。

まずいっ。これは囮《おとり》かっ。

初音が踵を返そうとしたが、ふたりの浪人たちが初音に斬りかかっていく。

喜三郎は家へと向かう。初音が右からの刃《やいば》を弾《はじ》き、左からの刃を受けている。

初音が喜三郎に気づいた。

「千鶴さんをっ」

と叫ぶ。喜三郎はうなずき、家の中に入る。すると、庭の奥に裸の千鶴が見えた。どうやら、初音とふたりで行水をしていたようだ。

「あっ、香坂様っ」

喜三郎に気づいた千鶴が声をあげる。むちっと熟れた双臂《そうでん》が、月明かりを吸いよせている。

千鶴を連れ出そうとしているのは、ふたりの浪人者たちだった。ひとりが千鶴を抱きかかえ、もうひとりが喜三郎に向かってきた。

抱きかかえた浪人が垣根を壊し、外に出ようとする。

「待てっ」

千鶴を追うも、ひとりの浪人が立ちはだかる。額に大きな傷があった。

「助けてっ、香坂様っ」

「千鶴さんっ」

どけっ、と喜三郎は峰に返して浪人者に斬りかかる。

浪人者は正面から斬り下ろされる刃を堂々と受けた。鍔《つば》迫《ぜ》り合いとなる。

その間に、千鶴がもうひとりの浪人者によって、連れ去られていく。

「待てっ」

鍔迫り合いを続けていると、ぎゃあっ、ぎゃあっ、とふたりの悲鳴が背後より聞こえた。そしてすぐに、裸の初音が姿を見せた。

弾む乳房にほんのわずか、浪人者が気を取られた。喜三郎はさっと刃を引き、額に傷のある浪人者がよろめいた刹那、肩を打った。ぐらっと揺れるなり、喜三郎は空いた腹を峰で払った。

ばたん、と浪人者が顔面から倒れたときには、初音は垣根の向こうに出ていた。

ぷりぷりとうねる尻たぼを追うように、喜三郎も駆け出した。

裏手には掘割があり、そこに猪牙船《ちょきぶね》が見えた。そこには船頭と浪人者、そして当て身を食らったのか、気を失っている千鶴が乗っていた。

「待ちなさいっ」

と叫びつつ、初音が掘割に沿って駆けている。

喜三郎も追いかける。千鶴を乗せた猪牙船を追っているのか、初音の尻を追っているのか、わからなくなる。

掘割は竪川《たてかわ》に繋《つな》がっていた。そのまま竪川に出てしまう。そして、千鶴を乗せた猪牙船は大川へと向かっていく。

猪牙船を探すも、そばにはいない。

初音は土手を駆け下りるなり、大刀を置くと、竪川に飛びこんでいった。

「初音さんっ」

初音の予想外の行動に、喜三郎は目を見張る。

驚いているのは、猪牙船に乗っている浪人も同じようだ。船頭に急げと急《せ》かしている。

飛びこむだけあって泳ぎは得意なのか、みるみると初音が猪牙船に迫っていく。なにせ裸なのだ。泳ぎやすい。

初音が猪牙船に追いついた。舳先《へさき》をつかもうとすると、浪人が大刀を振り下ろしてくる。すると、初音が手を引く。

ぐぐっと猪牙船が離れる。初音はあらためて水をかき、迫っていく。

喜三郎は別の猪牙船を見つけた。

「おいっ」

土手から手を振る。

「乗せてくれっ」

吉原にでも行くのか、身なりを整えた町人ふうの男が乗っている。

もちろん喜三郎など無視して、進んでいく。

「あのおなごをっ、裸のおなごを乗せてやってくれっ」

と叫ぶと、町人が立ちあがり、舳先に出る。船頭とともに大川の方向を見やる。

「おなごだっ」

「裸なのかいっ」

ふたりとも目をまるくさせている。千鶴を乗せた猪牙船と初音が離れていく。

さすがに泳ぐ力がなくなっているようだ。逆に、町人を乗せた猪牙船が初音に迫る。

船頭が初音に声をかけた。初音が泳ぎをやめて、振り向く。船頭が棹《さお》を差し出している。初音がそれをつかんだ。船頭がぐっと引きあげると、初音があがっていく。

「おうっ」

船頭と町人が目を見張った。なにせ、わかってはいても、生まれたままの姿のおなごが川面《かわも》からあがってきたのだ。しかも品のよい美貌のうえに、躰も極上ときている。

もちろん、喜三郎も土手から初音の裸体を見つめていた。

初音が町人になにか言っている。町人がうなずき、船頭になにか言う。すると船頭が棹を深く川面に差した。滑るように猪牙船が動き出す。

喜三郎も追うように走る。すると、船着場が見えてきた。客待ちの猪牙船が見える。

喜三郎も猪牙船に乗りこむと、あれを追ってくれ、と船頭に言った。

初音を乗せた猪牙船は大川へと出ていった。それを急いで追っていく。

大川に出ると、あちこちに屋根船や猪牙船が見えた。猪牙船のほとんどは吉原に向かっていた。屋根船は大川の流れを楽しむように、ゆったりと進んでいる。そのひとつに、千鶴を乗せた猪牙船が横づけされるのが見えた。

浪人者が千鶴の裸体を抱えあげようとする。すると、それで目を覚ましたのか、千鶴が、助けてっ、と叫んだ。

そこに、初音の乗る猪牙船が向かっていく。

「あれだ。あの屋根船につけてくれ」

へいっ、と若い船頭が張りきって棹を深く川面に差す。

「助けてっ、助けてっ」

足をばたばたさせて千鶴が抗《あらが》うが、屋根船へと運ばれようとしている。屋根船には、恰幅《かっぷく》のよい町人がいた。恐らく、あの男が千鶴に言いよりつづけている並木屋伊左衛門だろう。

千鶴を乗せていた猪牙船に、初音が乗っている猪牙船がぶつかった。ぐらっと揺れるが、浪人はそのまま屋根船に乗りこんだ。

初音は裸のまま、前の猪牙船に飛び移る。そして乳房を弾ませ、駆けていき、屋根船に乗りこもうとした。伊左衛門に千鶴を渡した浪人が振り向き、大刀を腰から出そうとした。

が、その前に、初音が飛びかかった。

「すげえやっ」

喜三郎の乗る猪牙船を操《あやつ》っている船頭が、驚きの声をあげた。

浪人者が刀を抜く前に、初音が浪人者に抱きつき、勢いのまま押し倒していった。

が、浪人者が下から握り拳《こぶし》を初音の顔面に向ける。

「やめろっ」

喜三郎は叫んでいた。姫の鼻がつぶれたら、一大事だと危惧《きぐ》したのだ。

初音はさっと避けて、逆に上から浪人者の鼻に握り拳を埋めこんでいった。

「いやいやっ」

千鶴の叫び声が聞こえた。屋根船から逃げ出てきた裸の千鶴が、伊左衛門から逃れるように大川に飛びこんだ。

「いかんっ」

喜三郎は腰から鞘《さや》ごと大刀を抜くと、急いで帯を解《ほど》き、着物を脱いだ。下帯《したおび》だけになるなり、飛びこむ。

千鶴は沈んだまま浮かんでこない。

「千鶴さんっ」

と叫び、喜三郎は大川に潜っていく。初音ほどではないが、田舎者ゆえそれなりに泳ぎはできた。

千鶴の白い足が見えた。喜三郎は水を蹴《け》って、さらに深く潜っていく。そして、手を伸ばす。足首をつかんだ。そのまま引きあげていく。浮きあがってきた千鶴が、喜三郎に気づいた。しがみついてくる。

「ううっ」

ごぼごぼとお互い大量の泡を吐き、抱き合ったまま沈みはじめる。まずいっ、と懸命に足で水を蹴る。

すると、浮きあがってきた。千鶴も気づき、まねをすると、すうっと浮きあがった。

川面に出た。と同時に、屋根船から浪人者がこちらに倒れてきた。顔面が血だらけになっている。そばにざぶんと落ちた。

屋根船を見ると、あわてて逃げようとする伊左衛門に初音が飛びかかった。甲板に押し倒し、馬乗りとなった。

「初音さんっ、千鶴さんを助けたぞっ」

川面より声をかける。初音が馬乗りになったまま、こちらを見る。伊左衛門は初音の美貌と乳房に見惚れてしまっている。

喜三郎が乗ってきた猪牙船の船頭が棹を出してくる。それに千鶴がつかまり、あがっていく。

裸の千鶴が正面に立ち、船頭が目をまるくさせる。千鶴も初音に負けず劣らぬ素晴らしい躰をしている。水に濡れた肌が、月明かりを吸いこんで、眩《まぶ》しく輝いていた。

喜三郎もあがると、猪牙船を伝って渡り、千鶴といっしょに屋根船に乗りこんだ。

「並木屋伊左衛門かっ」

初音に馬乗りになられたままの伊左衛門に、喜三郎が問う。

「はい……さようでございます」

「千鶴に執心しているそうだな」

「は、はい……」

喜三郎の隣に裸の千鶴が立つも、伊左衛門の目は初音の美貌と乳房から離れない。

「伊左衛門さん、今度は初音さんにご執心かい」

と、千鶴が言う。

「こ、このお方は、何者だい」

初音を見つつ、伊左衛門が問う。やはり裸でいても、馬乗りになられていても、初音から気品を感じるようだ。

やはり、姫様は違うということか。見事に浪人を成敗《せいばい》しても、育ちのよさが出ているのか。

「伊左衛門とやら、次、千鶴さんにちょっかいを出そうとしたら」

と言って、初音が伊左衛門の股間に手を伸ばす。そして伊左衛門を見下ろしながら、着物の合わせ目から中に入れ、褌《ふんどし》ごしに魔羅をつかむ。

「うう……」

初音に乗られて、伊左衛門の魔羅は半勃《だ》ちになっていた。それをつかまれ、うっとりとした顔になる。

「ちょっかいを出そうとしたら」

と言いながら、初音が手を動かす。

「う、ううっ、やめてくれっ、ああ、折れるっ、魔羅が、折れるっ」

それを見て、千鶴がその場にしゃがみ、伊左衛門の股間に手を入れていく。こちらは褌ごしに、ふぐりをつかみ、押していく。

「うぐっ、やめてくれっ、ふぐりが潰《つぶ》れるっ」

伊左衛門は瞬《また》く間にあぶら汗をかいていた。

「もう二度と、千鶴には手を出しませんっ」

伊左衛門が叫ぶ。

「千鶴様であろう」

と、喜三郎が言い、千鶴様っ、と伊左衛門が叫んだ。

三

翌日。日が暮れるとともに、喜三郎は湯島《ゆしま》に向かっていた。

湯島の料理屋稲屋《いなや》の離れで、美緒は成瀬監物と会うことになっていた。

稲屋の見える場所まで来ると、すうっとおなごが寄ってきた。

「すでに、成瀬は入っています」

耳もとに唇を寄せて、そう囁《ささや》いてきた。ぞくりとして、喜三郎はこんなときなのに、股間を疼《うず》かせてしまう。

「そうであるか。そなたが……」

名を問う前に、人さし指を口に当てられた。

おなごはあずみといった。忍びである。ずっと初音を見守っている忍びだという。

千鶴を助けたあと、喜三郎は初音に自分の身の上を話した。美緒のこともすべてだ。

明日の夜、どうすればよいのか、わからなかったからだ。だから、姫の知恵を借りようと思い、美緒が成瀬と会うことを話した。すると、

――あずみを貸しましょう。

と。初音が言ってきたのだ。

――あずみ……。

――ずっと私のそばにいる忍びです。

――えっ。

喜三郎はまわりを見まわした。そのとき、喜三郎と初音は千鶴の家の座敷にい

た。隣の寝間で、千鶴は寝ていた。

――恐らく屋根裏にいます。

――でも、わしが見る限り、一度も助けに入らなかったではないか。

――一大事のときしか姿は見せません。そうでないと、まずは忍びから狙われてしまいます。

――そういうものか。

大切な姫をひとりにさせているのはおかしいと思っていたのだが、忍びがついていたとは。

その忍びが今、横にいる。色気のある三味線《しゃみせん》の師匠といった雰囲気だ。

駕籠《かご》がやってきた。すると、女将《おかみ》が迎えに出てきた。先棒が垂れをめくると、草履《ぞうり》、そしてふくらはぎが出てきた。

ふくらはぎがやたら白く見えた。

美緒だ。品のよい美貌が青白い。かなり緊張しているようだ。女将に案内されて、石畳を歩いていく。

料理屋に入った。駕籠が去っていく。

「では、参りましょう」

と、あずみが言い、うむ、と喜三郎はうなずく。

石畳を歩き、暖簾《のれん》を潜《くぐ》ると、いらっしゃいませ、と番頭が姿を見せた。

「離れがよいのだが」

「申し訳ございません。今晩は、離れはすべて埋まっておりまして」

番頭が頭を下げる。離れは本館の奥に三つあった。恐らく三つとも成瀬が押さえているのだろう。真ん中に成瀬と美緒。左右に家臣を置いている可能性が高い。

「わかった」

「よろしいですか。ありがとうございます」

と言って、番頭が奥へと案内する。すると、奥から女将が戻ってきた。

「こちらでございます」

本館の奥の座敷に通された。喜三郎が上座につき、あずみが向かいに座る。

「酒と刺身を持ってきてくれ」

と、喜三郎が言い、ただいま、と番頭が下がった。

「恐らく、真ん中の離れに、成瀬と美緒さんはいると思います」

「そうであるな。どうする、あずみさん」

「あずみ、でいいですよ、香坂様」

と、あずみが言う。

「お武家様にさんづけで呼ばれると、くすぐったいですから」

「そうか」

あずみも妙に色っぽい。初音が幼き頃より、ずっとついている忍びだという。

失礼します、と女中が酒と刺身を持って、座敷に入ってきた。

「離れは、成瀬様が使っておられるのか」

と、喜三郎が聞いた。

「はい」

女中は素直にうなずいた。

「今宵《こよい》は、家臣も連れているようだな」

「はい。大勢様で」

「そうか」

「成瀬様に、お伝えいたしましょうか」

「いや、邪魔しては悪い。それに、こちらはこちらで楽しみがあるからな」

と言って、あずみをねばついた目で見やる。

「ああ、お料理は、いつにいたしましょうか」

まぐわいの先かあとかを聞いていた。

「そうであるな。あとにしてくれ」

そう言うと、わかりました、と女中が下がった。

「私を抱きたいですか」

あずみが聞いてくる。

「そのようなわけがあるまい。これから許婚を助けに行くのであるぞ」

「そうですか。今、小袖《こそで》の奥まで透かすような目で、私を見つめてきたから、てっきり……」

「ばかな……芝居だ、芝居」

「あら、そうですか」

あずみはしなを作っている。やはり、妙に色っぽい。ふたりきりで座敷にいると、変な気になってくる。

喜三郎が手酌《てじゃく》でお猪口《ちょこ》に注ごうとすると、次の刹那、あずみが徳利《とくり》を手にしていた。

「い、いつの間に……」

卓を挟んで向こうにいたはずなのに、喜三郎の隣に侍《はべ》って、どうぞ、とお猪口に酒を注いでいる。

喜三郎は注がれた酒を飲んだ。うまかった。かなり値が張る酒だと思った。

「いかがですか」

「うまい……」

「私もいただいてよろしいですか」

うむ、と喜三郎はお猪口をあずみに渡す。そして、徳利を手にした。

「あら、注いでくださいますか」

うむ、とうなずき、喜三郎はあずみの持つお猪口に酒を注ぐ。

あずみがお猪口を口もとへ運んでいく。その仕草がなんとも色っぽく、思わず見てしまう。

あずみは喜三郎に見つめられるなか、お猪口に唇をつけ、ごくりと一気に飲んだ。白い喉が艶《なま》めかしく動いた。

「お刺身もいただきましょう」

「そうであるな」

今、成瀬と美緒もこうして酒を飲み、刺身を食していると思った。

あずみはそのまま隣にいる。ふたりで並んで刺身を食べる。ふと、喜三郎の脳裏に、成瀬の隣に侍る美緒の姿が映った。

そうだ。成瀬もきっとこうして美緒を隣に座らせているはずだ。すでに、また口吸いをしているかもしれぬ。いや、している。

「美緒さんのこと、気になりますか」

「うむ……」

とうなずく。

「見ますか」

「見る……」

「天井裏からのぞくのです。そして、成瀬が自分が斬れと命じたと白状した直後、天井裏から降りましょう」

「のぞく……のか……」

「いやなら、私だけ天井裏に入って、成瀬が白状したとき、合図を送ります」

「いや、わしも天井裏にあがる」

「大丈夫ですか」

あずみが案じるように喜三郎を見つめてくる。

「大丈夫、とは……」

「見たくないものを見ることになりますよ」

見たくないもの……。

美緒の乳を成瀬が吸っている恥態が喜三郎の脳裏に浮かぶ。それがすぐに、成瀬が押し倒し、美緒の股間に魔羅を突き刺していく姿へと変わる。

「いやだっ」

見たくない、と声をあげる。

「それでは私ひとりで」

「いや……構わぬ……わしも、ともに行こう」

そう言うと、喜三郎は徳利からじかに酒を飲んだ。胃の腑《ふ》へと流れるのを感じたが、まったく酔いそうになかった。

「では、行きましょう」

あずみが立ちあがり、襖《ふすま》を開く。そして、廊下に出る。喜三郎も鞘ごと大刀をつかみ、あずみのあとに従う。廊下を奥へと進むと、庭が見える。庭の奥に、離れが三つ並んでいた。平屋である。

あずみが庭へと降り、裸足《はだし》のまま真ん中の離れへと向かう。そして、手招きした。喜三郎も裸足のまま庭に降りて、真ん中の離れへと向かう。

裏手にまわる。あずみはそばにある桜の木の幹につかみかかる。瞬く間に幹をのぼり、枝を渡り、屋根へ飛んだ。

そして、ふわりと風のように着地する。喜三郎の頭の上を通ったとき、白い足がのぞき、どきりとした。

あずみは瓦《かわら》をいくつかはずすと、中に入っていった。待つほどなく出てくると、懐《ふところ》から縄を取り出し、壁に沿って垂らす。

喜三郎は縄をつかみ、壁に足をつけて、のぼっていく。平屋ゆえ、すぐにのぼれた。あずみのあとに従い、屋根から入る。すると、屋根裏がひろがっていた。

あずみが這《は》いつくばり、のぞいている。喜三郎も腰から鞘ごと大刀を抜くなり、隣にうつ伏せになった。節穴があった。

そこから、のぞく。

四

やはり、成瀬の隣に美緒が座っていた。成瀬が徳利からじかに酒を口に含み、美緒の躰を抱きよせるのが見えた。

あっと思ったときには、成瀬が美緒の唇を奪い、酒を流しこむ。

しかも、身八《みや》つ口《くち》より手を入れていく。

美緒の美貌が歪《ゆが》む。あごを反らし、成瀬の口吸いを受けているため、美緒の美貌を真上からはっきり見ることができた。

「う、うう……」

美緒……つらそうだ。ああ、唇を、乳を……。

「ああ、美緒どのの唾はなんともうまいのう」

口を引いた成瀬が、満足そうにそう言う。

「今宵は、真実を話してくださるとおっしゃいましたよね、成瀬様」

成瀬に乳房を委《ゆだ》ねたまま、美緒が聞く。

「うむ。その前に、美緒どのの裸を見たいのう」

と、成瀬が言う。

「真実をお話ししてくだされば、美緒のこの躰、好きになさって構いません」

「まずは、裸になってもらおうか。懐に匕首《あいくち》でも隠し持っているかもしれぬからな」

「そのようなもの、持っていません」

「わからぬぞ。わしはまだ死にたくないからのう」

そう言うと、成瀬がやっと身八つ口から手を引いた。

「わかりました。なにも得物《えもの》など持っていないことを、お示しいたします」

美緒が立ちあがった。小袖の帯に手をかける。結び目を、白くて細い指で解いていく。

「うう……」

喜三郎はうなる。すぐにでも降りて、成瀬を討ちたい。が、成瀬の口から、吉川欣吾をはめた、笹山に斬れと命じた、という言葉が出ない限りは、討ってはならない。

美緒が帯を解いた。小袖がはだける。すると、肌襦袢《はだジュバン》があらわれる。

昨日も、出合茶屋で美緒はこうして肌襦袢をあらわにさせた。

昨日は喜三郎の前で、そして今は成瀬の前で、裸になろうとしている。

美緒が小袖を躰から滑らせた。白の肌襦袢だけとなる。

「ほう」

成瀬がうなる。喜三郎も天井裏でうなっていた。

美緒が腰紐《こしひも》に手をかける。

脱ぐのか。もうそれでよいではないのか、美緒どのっ。

指が震えていて、なかなか解けない。

「わしが解いてやろうか」

成瀬が立ちあがろうとしたが、

「いいえ……」

と言い、腰紐を解いた。そして、肌襦袢をはだけていった。

乳房があらわれた。

「これは、なんとっ」

成瀬がうなる。もちろん、喜三郎もうなっていた。真上から見る乳房も、また絶品であった。

見事なお椀《わん》の曲線を堪能《たんのう》できる。

「なにをしている。さあ、それを脱げ」

成瀬の声がうわずっている。鼻息が荒くなってきている。

「父上は公金に手を出していません。成瀬様が父をはめたのですね」

「さてな」

美緒が肌襦袢を滑らせていく。乳房はもちろん、肩から二の腕、腹から、腰巻に包まれた股間があらわになっていく。

天井裏まで甘い薫《かお》りが漂ってきそうだ。

「ああ、きれいな乳だ。きれいな肌だな、美緒どの」

成瀬の目がねばついている。

成瀬の薄汚れた目に、美緒の白い肌をさらすのは苦痛だった。喜三郎は、うう、と歯ぎしりをする。

そんな喜三郎を、あずみがちらりと見る。そして、喜三郎の手をつかんできた。

あずみを見ると、小さくかぶりを振る。我慢しろ、と言っているのであろう。

が、成瀬に乳房を見せているだけでも、怒りがこみあげているのだ。

これから先、美緒がみすみす汚されていくのを見ていられるであろうか。

「なにをしている。裸になれと言ったはずだ」

「こ、これは……」

「腰巻に匕首を隠しているかもしれぬではないか」

「そのようなこと、しません……」

「わしは人を信じないことにしているのだ。信じていた吉川に、裏切られてからな」

父が裏切ったと言われ、美緒が強く唇を嚙《か》みしめる。

そうだ。美緒も耐えているのだ。わしが耐えきれなくてどうする。

美緒が腰巻に手をかけた。その手が震えている。父の仇《かたき》の前で、すべてを脱ぐ恥辱屈辱に耐えている。

成瀬はそんな美緒を、酒を飲みつつ眺めている。こうして藩のおなごをいたぶることに慣れているように見えた。これまでも、成瀬の餌食《えじき》になったおなごはいるのかもしれぬ。

美緒が腰巻を取った。

「ほうっ」

成瀬が思わず、身を乗り出した。

すでに昨晩目にしていたが、このような状況で目にする美緒の恥部は、また違って見えた。

「なんともきれいだ」

成瀬が立ちあがった。美緒に迫り、足下にしゃがむ。

少しでもそばで見たいのだ。

「開いて、見せてくれ」

「成瀬様……」

「その中に、匕首を隠し持っているかもしれぬではないか。安心して、真《まこと》のことが話せぬであろう」

「開いたら、すべてお話しくださいますね」

「そうであるな」

「約束してくださいますよね」

「そうであるな」

女陰を見せても、話さないであろう。恐らく魔羅を美緒の中に入れるまでは、話さないはずだ。もちろん、それは美緒も覚悟のはずだ。覚悟を決めて今、成瀬の前で生まれたままの姿になっているのだ。

美緒が剝き出しの割れ目に指を添えた。震えているのがはっきりとわかる。

あずみが喜三郎の手を強く握りしめてきた。あずみを見ると、耐えるのです、と瞳で告げている。

美緒が割れ目を自らの指で開いていった。

成瀬の前に、おなごになったばかりの花びらがあらわれる。

それを見て、成瀬が意外そうな顔をした。

「ほう、香坂とまぐわっているのか」

美緒はなにも答えない。

「意外であったな。あの堅物《かたぶつ》が、式を挙げる前に、許婚に手を出すとはのう」

手を出す、という言い方がかんに障《さわ》った。わしは美緒に手を出したのではない。契《ちぎ》りを結んだのだ。まったく意味合いが違う。

成瀬は美緒の花びらを凝視している。

「おや、もしや最近、まぐわったのではないのか。ああ、処女の膜がわずかに残っているではないか」

と言って、成瀬があらわな花びらに指を伸ばしていった。

「なりませんっ」

美緒が腰を引いた。予想していたのか、成瀬は左手で美緒の腰骨を押さえ、右手の指を中に入れていく。

「やはり、これは処女の膜だ。まだ、ほんの数回。いや、一度しか、この中に魔羅は入っておらぬな」

花びらを見ただけで、ここまで言い当てるとは。

「それも、最近だ。ということは、香坂と江戸で会っているのか」

と言うなり、成瀬は立ちあがり、離れの障子を開き、外を見た。すると、左右の離れから、いかがなされました、と家臣がそれぞれふたりずつ出てきた。

「香坂があらわれるやもしれぬ」

そう言うと、障子を閉めた。

恐ろしい男だ。美緒の花びらを見ただけで、ここまで割り出すとは。しかも、当たっている。的はずれではないのだ。

「香坂は美緒どのを追って、出奔したと聞いていたが、江戸に呼んだのは美緒どのか」

「いいえ。会っていません」

すんだ瞳でまっすぐに成瀬を見つめ、美緒がそう言った。

成瀬は黙ったまま美緒を見やり、どうだかな、と言った。

成瀬は再び美緒の足下にしゃがみ、股間を見る。美緒は割れ目を閉じてしまっていた。

「なにをしている。開いたままでいるのだ」

美緒はうなずき、白い指で再び割れ目を開いていく。

「生娘ではないのは残念だが、仕方あるまい。堅物も、美緒どのには手を出さずにおられなかったわけだからな。それに」

と言って、成瀬が美緒を見あげる。

「生娘ではない躰だから、わしに抱かれる気になったのであろうからな」

ひいっ、と美緒が息を呑《の》む。

「江戸で会ったことは、この花びらを見れば歴然であるのだぞ、美緒どの。恐らく、こうして会うことを香坂は知っているのだろう。そうか。それでか。わしに処女花を散らされる前に、自分で散らしたということか」

美緒は真っ青になっている。花びらを見ただけで、次々と言い当てているのだ。こんな切れ者相手に、真実を聞き出すことができるのかと焦《あせ》りはじめているのではないのか。

「どうやら、図星のようであるな。花びらがひくひく動いておる」

成瀬が立ちあがった。

「脱がせてくれぬかな、美緒どの」

真正面から美緒を見つめ、成瀬が言った。

「成瀬様が、父をはめたのですよね」

「真のことを聞きたいのなら、わしが望むとおりにするのだ。その覚悟でここにいるのであろう」

わかりました、と美緒が成瀬の帯を解いていく。前がはだけ、ぶ厚い胸板があらわれる。

それを見て、剣の鍛練は怠《おこた》っていないな、と喜三郎は感じた。

美緒がしなやかな腕を伸ばし、はだけた着物を脱がせていく。そんな腕の動きだけでも、たわわな乳房がゆったりと揺れる。

乳首はわずかに芽吹いている。

美緒が下帯に手をかける。取ると、魔羅があらわれた。半勃ちだったが、美緒の前でみるみると頭をもたげ、瞬く間に天を衝《つ》いた。

魔羅にしっかりとした意志があるように感じられた。

五

「どうだ、わしの魔羅は」

「……わかりません……」

「わからぬことはないであろう。少なくとも、香坂の魔羅は見ているはずだからな」

「香坂様の魔羅のほうが……たくましいです」

美緒が思わぬことを、成瀬の前で口にした。

「なんだとっ」

これは、喜三郎も驚いた。成瀬の魔羅もたくましく、喜三郎と同じような偉容を誇っていた。が、美緒は成瀬の鼻を折るようなことを口にしたのだ。

「やるわね」

と、あずみがつぶやいた。見ると、笑っている。

確かに、やるなと思ったが、これでよいのだろうか。

「成瀬様の魔羅もたくましいですが、でも香坂様には負けます」

「なんだとっ。つかめっ、美緒っ」

いきなり呼び捨てにしている。顔面が真っ赤になっている。

魔羅を出して恥をかかされ、ずっと余裕だった成瀬の心が乱れていた。

美緒が成瀬の魔羅をつかみ、ぐいぐいしごきはじめる。

「あ、あぁっ」

ただしごいているだけだったが、成瀬がかなり敏感な反応を見せる。

美緒はしごきつつ、さらに驚く行動に出た。美緒自ら、口吸いを求めていったのだ。

あっと思ったときには、美緒の唇が成瀬の口に重なっていた。おとついは、成瀬の口吸いをいやいや受けていた美緒が、自ら唇を押しつけたのだ。

「ううっ」

成瀬がうなる。

美緒はただ唇を重ねただけではなく、舌を入れていた。美緒が成瀬と舌と舌をからませ合っているのだ。気持ちよいのか、成瀬が腰をくねらせはじめる。

気持ちよいのかではない。間違いなく気持ちよいはずだ。

成瀬が完全に主導権を握っていたが、ここで美緒が反撃をはじめていた。

成瀬のほうから口を引いた。

「しゃぶれ、美緒」

またも呼び捨てにする。まだ、怒っているようだ。

美緒は言われるまま、その場に膝をついた。右手ではぐいぐいしごいたままでいる。はやくも、成瀬が先走りの汁を出しはじめていた。

それを見た美緒が、すうっと唇を寄せて、ためらうことなくぺろりと舐めていった。

「ううっ……」

成瀬とともに、天井からのぞく喜三郎もうなっていた。

思えば、まだ美緒に魔羅を舐められてはいない。肉の契りを結ぶのを最優先にして、尺八《しゃくはち》は抜かしたのだ。そのことを今、悔やんでいた。

はじめて美緒の舌が触れた魔羅が、喜三郎ではなく、父の仇なのだ。

美緒はぺろぺろと舐めつづけている。舐めても舐めても、あらたな汁が出てきているからだ。

「ああ、うまいか、わしの汁は」

美緒はなにも答えず、舐めつづけるが、舌腹を裏のすじへと下げていった。そこをぺろりと舐める。

「あぁっ……」

成瀬がうめき声をあげる。

「裏のすじ、教えてあげたのですか」

あずみが色っぽい美貌を寄せて聞いてくる。その息が、なんとも甘い。

「いや……そもそも尺八はされておらぬ」

怒った口調になっていた。

「あら、そうなのですか……美緒様もおなごですね」

「おなごなら、急所がわかるのか」

「わかりますよ」

そうだ。咲良も、教えずとも裏のすじを舐めてきた。今も魔羅を舐めはじめてから、立場が逆転している。

美緒様もおなご。おなごは恐ろしい。

それは美緒でも同じということか。

裏のすじが急所と見て取ったのか、美緒はしつこくそこを舐めている。その間も、ずっと胴体をしごいている。

「うう、うう……」

あらたな先走りの汁が出てくる。

「ああ、舐めないのか」

「まずいですから」

美緒が成瀬を見あげ、そう言う。

「なんだとっ」

成瀬が大声をあげる。すると、障子の向こうから、

「いかがなさいましたかっ」

と、藩士の声がした。

「いや、なんでもない。香坂が来ないかどうか、見張っておれよ」

はっ、と障子の向こうから返事がくる。

「香坂様のお汁なら、喜んでいただきます」

「なぜだ」

「おいしいからです」

あずみが喜三郎を見る。喜三郎はかぶりを振る。美緒に舐めてもらってなどいないのだ。

「悪の染みこんだ躰から出るお汁は、汚れていてまずいのです。香坂様のようなお方のお汁はおいしいのです」

「なにを言うっ。調子に乗りおってっ」

憤怒《ふんぬ》で鬼の形相《ぎょうそう》になっている。そんな成瀬を、美緒はすんだ瞳で見あげている。

「わしの魔羅のよさを教えてやろうぞっ」

と言いつつ、鋼《はがね》の魔羅でぴたぴたと、美緒の頬《ほお》を張っていく。

「う、うう……」

美緒は成瀬をすんだ瞳で見あげたまま、魔羅張りを頰で受けている。

「美緒様、なかなか芯《しん》がしっかりしたお方ですね」

またも美貌を寄せて、喜三郎の耳たぶを舐めんばかりの状態で、あずみが囁いた。

ついに、成瀬が美緒を押し倒した。両足をつかむと、ぐっと開き、剝き出しの割れ目に魔羅の先端を向けていく。

「お待ちくださいっ。真のことを話すのが先ですっ」

「入れながら、話してやろうぞ」

と言って、鎌首を割れ目に当てると、押しこんでいった。

第六章　姫様の決意

一

「ならんっ」

喜三郎は叫んでいた。が、あずみが両手で喜三郎の口を塞《ふさ》ぎ、くぐもった声にしかならなかった。

喜三郎の叫びが成瀬と美緒の耳に入らなかったのには、もうひとつ理由があった。鎌首《かまくび》が割れ目にめりこもうとしたとき、美緒が腰をずらし、右足で成瀬の横腹を蹴《け》ったのだ。

たいした蹴りにはならなかったが、おなごに腹を蹴られる屈辱に、成瀬は鬼の形相《ぎょうそう》になり、美緒の髷《まげ》をつかむなり、美貌《びぼう》を起こすと、ぱんっと平手を見舞ったのだ。

美緒は頬《ほお》を張られても、気丈《きじょう》に成瀬をにらみ、

「成瀬様が父を斬《き》れと命じたのですねっ」

と問う。

「吉川欣吾が藩の金に手をつけたのだっ。自首しろと情けをかけたら、吉川が刀を抜いて、わしに斬りかかったのだっ」

「うそっ、私は見ていたのですっ。父上は斬りかかってなどいませんっ」

「うるさいっ。わしの魔羅《まら》でおとなしくさせてやるっ」

成瀬は美緒を押さえつけ、ぐぐっと左右の足を開く。両足を持ったまま、肉の刃《やいば》の先端を割れ目に当てる。

ならんっ、と喜三郎は天井裏の板をはずそうとする。すると、あずみが喜三郎にしがみつき、いけません、と耳たぼを舐《な》めるように言ってきた。

「しかし……美緒が……」

「わしの魔羅のすごさを思い知れっ、美緒っ」

と叫び、成瀬が鎌首を埋めこんでいった。今度はめりこんだ。おなごの割れ目が開き、成瀬の鎌首を呑《の》みこんでいく。

「う、うう……」

美緒の眉間《みけん》に深い苦悩の縦皺《たてじわ》が刻まれる。

「……美緒……」

喜三郎は思わず目を閉じた。が、すぐに開く。

成瀬の魔羅が、美緒の割れ目を串刺《くしざ》しにしている様が、上からはっきりと見えた。が、見ようによっては、美緒の割れ目が成瀬の魔羅を咥《くわ》えこんでいるようにも見える。

「おう、なんてきつい女陰《ほと》だ」

うなりつつ、成瀬が深く突き入れていく。

「う、ううっ、父は公金になど、手をつけてはいませんっ。そうですよねっ、成瀬様っ」

「そうだな、美緒」

魔羅を入れると、成瀬はあっさりと認めた。

「やはり、そうなのですねっ」

美緒が両手で、成瀬の胸板をたたこうとする。成瀬はその手をつかむと、万歳するように押しつけながら、さらに深く魔羅でえぐっていく。

「公金に手をつけたのは、わしだ」

「成瀬っ」

美緒が美しい黒目で、にらみあげる。

「吉川に公金に手をつけるなんてことはできぬ。あれは、香坂と同じ堅物《かたぶつ》であるからな。美緒、おまえは堅物が好きなのか」

そう問いつつ、ぐぐっと魔羅で突いていく。

「う、ううっ」

「おう、よく締めてくるぞ、美緒」

「成瀬、おまえが父を斬れと命じたのですね」

「そうだ。わしが命じた」

成瀬が認めた。

「ううっ、おのれっ、父の仇《かたき》っ」

と叫ぶも、魔羅で串刺しにされているため、美緒は動けない。

「どうだ、美緒。父の仇に魔羅で貫かれている気持ちはどうだっ」

成瀬は鬼の形相のまま、笑っていた。恐ろしい笑いであった。

「父の仇っ、ゆるさんっ」

美緒はにらみつけるも動けない。

「もう、我慢ならんっ」

と叫ぶなり、喜三郎は天井裏の板を剥《は》がし、成瀬に向かって飛び降りた。

美緒を串刺しにしたまま背中に乗られ、ぐえっ、と成瀬がうめく。

喜三郎は背中から降りるなり、すらりと大刀を抜き、成瀬の首に突きつけた。

「抜けっ。はやく魔羅を抜けっ」

「香坂か……天井裏とはな……」

切っ先を突きつけられても、成瀬は余裕の顔を見せていた。

「おまえの魔羅はわしよりよいそうだな」

「はやく、抜けっ」

成瀬はにやりと笑うと、抜くどころか、ぐぐっと突いていった。すると、

「あうんっ」

美緒が甘い声をあげる。

「聞いたか、香坂。父の仇に突かれても、感じるのだ」

そう言いながら、成瀬はぐいぐい突いていく。

「あ、ああっ……ああっ……」

なぜか、美緒が甘い声をあげつづける。美緒は成瀬をにらみつけている。にら

みながら、喘《あえ》ぎ声をあげているのだ。

成瀬は、喜三郎は斬らないとたかをくくっているのだ。確かに、喜三郎は刃を動かすことはなかった。父の仇を討つのは美緒なのだから。

「抜くのだっ、成瀬っ」

思わず叫んでいた。その声を聞きつけ、

「成瀬様っ」

障子の向こうから家臣たちの声がする。

「入れっ」

成瀬が魔羅を突っこんだまま命じる。すると障子が開き、ふたりの藩士が顔を見せた。

「なんとっ」

目を見開く。成瀬が美緒と繋《つな》がり、その成瀬に香坂喜三郎が刃を突きつけているのだ。一瞬、どうすればよいのか迷ったような顔になる。

「なにをしている。片づけろ」

はっ、と返事をして、藩士が座敷に入ってくる。

喜三郎は大刀を峰に返すなり、成瀬のうなじを打った。

「成瀬様っ」

ふたりの藩士が、おのれっ、と喜三郎に向かって刃を向けてくる。

成瀬は気を失ったものの、美緒に入れたまま、美緒の裸体に抱きつくように倒れていった。

喜三郎と藩士たちは、成瀬と美緒を挟んだ状態で対峙《たいじ》する。

右手の藩士が、たあっ、と声をあげ、成瀬と美緒を飛び越えるようにして、喜三郎に向かってきた。

喜三郎は真正面から右手の藩士の刃を受けた。そして弾《はじ》くと、小手を狙《ねら》う。

右手の藩士はさっとかわし、下から逆袈裟《ぎゃくけさ》に斬りあげてくる。

右手の藩士の切っ先が喜三郎の胸もとをかすめる。着物が裂けて、胸板があらわれる。天井裏からあずみが見ているはずであったが、確かに加勢してこない。

初音のときも見守っているだけであった。

「お覚悟っ」

と叫び、右手の藩士が振りあげた刃を袈裟懸けに振り下ろしてきた。

が、その刃が喜三郎の顔面を斬り裂く前に止まった。喜三郎の峰が右手の藩士の腹に決まり、硬直していた。

喜三郎が腹から峰を引くと、ばたんと顔面から倒れていった。

「おのれっ」

左手の藩士が成瀬と美緒を飛び越え、斬りかかってくる。

喜三郎は右手にまわると、藩士の腕を狙った。左手の藩士がそれを刃で受ける。

喜三郎はそれを払うなり、疾風《はやて》のごとき太刀《たち》さばきを見せ、藩士の肩を打っていた。

「うぐっ」

左手の藩士が体勢を崩すと、うなじを打った。ぐえっ、と右手の藩士に重なるように、左手の藩士が倒れていった。

「お見事ですっ」

と、美緒が言った。

あずみはどうした、と天井裏を見あげるが、姿はなかった。

「美緒、大事ないか」

「いいえ……」

美緒がかぶりを振る。

「そうであるな。一大事であるな」

喜三郎は大刀を鞘《さや》に戻すと、いまだに、美緒に抱きついている成瀬の躰《からだ》をつかみ、ぐいっと引く。すると、

「う、うう……」

美緒がうめき声を洩《も》らす。奥まで突き刺さっていた魔羅が抜けようとしているのだ。

「あっ……」

美緒が声をあげると同時に、ぐっと喜三郎に成瀬の重みが強くかかった。魔羅が抜けたようだ。

美緒が立ちあがった。そして喜三郎の腰から大刀をすらりと抜くと、成瀬の喉に突きつける。

「起こしてください」

「美緒……」

起こせば、斬るのか。

斬るだろう。父の仇なのだ。このことを藩に訴え出ても、成瀬はしらを切るだけだろう。言った言わない、という話になれば、美緒が不利だ。

だから、この場で決着をつけるつもりなのだ。だから、躰も張ったのだ。

「おねがいします、香坂様」

「わかった」

　喜三郎も覚悟を決めた。成瀬のうなじに手刀を落とした。ううっ、とうめき、痛そうな表情で、成瀬が目を開いた。

　裸で大刀を持っている美緒を見て、目をまるくするも、すぐに落ち着きを取り戻す。

「わしが斬れるか、美緒」

　切っ先を突きつけられていても、魔羅は勃起させたままだ。肝《きも》が据わっている。この男が狼狽《うろた》えたのは、喜三郎の魔羅のほうがりっぱだ、と言われたときだけか。

「どうした、美緒」

「父の仇っ。お覚悟っ」

　と叫ぶなり、美緒は大刀を振った。

「ぎゃあっ」

　成瀬が声をあげた。

　成瀬の額に、刃が刺さっていた。が、おなごの力ゆえか、中途半端であった。

　まだ、成瀬は生きている。

「父の無念を、知るがよいっ」

額に突き刺した刃をぐりぐりと動かし、そして深く刺していった。額に刃が刺さったままだ。

成瀬は背後に倒れていった。美緒は手を放していた。

それを喜三郎が抜き、血ぶりをくれると、鞘に収めた。

「喜三郎様……父の仇、討ちました」

「見事であったぞ、美緒どの」

「喜三郎様っ」

美緒が抱きついてきた。喜三郎はしっかりと美緒を抱き止めた。

そこで、あとのふたりの藩士のことに気がついた。見張りの藩士は、右手にふたり、左手にふたりいたはずだ。

喜三郎は美緒を抱きしめたまま、開いたままの障子から外を見た。すると、ふたりの藩士が倒れていた。

あずみだ。加勢してくれたようだ。

「喜三郎様、天井裏から、ずっと美緒のことをのぞいていたのですね」

「そうだな……」

「悪い趣味ですね」

「そうだな。悪い趣味だ」

「でも、よくひとりで屋根裏から忍びこめましたね」

「まあな」

と、口を濁《にご》し、

「着物を着るのだ、美緒」

と言った。

二

喜三郎は美緒を連れて、お菊長屋に戻った。

「今、ここに住んでいるのだ」

そう言って、腰高障子を開ける。空気はよどんでいなかった。どうやら、奈美か咲良が出入りしていたようだ。

中に入ると、板の間に向かい合った。

「ここで暮らさないか」

と、喜三郎は言った。

「よろしいのですか」

「もちろんだ。美緒もわしも藩には戻れない。ここで暮らそう」

「はい」

美緒がうなずいた。

すると、腰高障子が開いた。

「おめでとうございますっ」

と、奈美と咲良が顔をのぞかせた。

「聞いておったのか」

「聞こえてきたんですよ。なにせ、紙のように薄い壁ですから」

奈美が、隣の者です、と挨拶《あいさつ》し、咲良が、その娘です、と挨拶する。

「美緒さんとおっしゃるんですよね。なにか、他人とは思えません」

咲良が意味深なことを言う。

美緒が怪訝《けげん》な表情を浮かべる。ここで暮らすのはまずいか。咲良の処女花を散らしたことが、わかってしまいそうだ。

「奈美さんと咲良さんには、とても世話になっているのだ」

と、喜三郎は言った。

「そうですか。美緒と申します。これから、よろしくおねがいします」

美緒が丁寧に頭を下げ、こちらこそよろしくおねがいします、と奈美と咲良が深々と頭を下げた。

「あの……おねがいがあります」

一刻《いっとき》後、喜三郎と美緒は煎餅布団《せんべいぶとん》で並んで寝ていた。どちらも、まったく眠れそうにない。

「なんだ」

「抱いてくださいませんか」

「抱く……」

「やはり、成瀬の魔羅が入った女陰に入れるのは、おいやですか」

「まさか、そのようなことはないぞっ」

思わず、大声をあげてしまう。お菊長屋中に響きわたったに違いない。

「あのようなことがあって、すぐに抱くのはどうかと遠慮していただけだ」

「では、遠慮なさらずに……美緒を安心させてください」

「安心……」

「喜三郎様の魔羅で、美緒を朝まで塞いでいてください」

喜三郎はうなずき、上体を起こすと寝間着を脱いだ。下帯《したおび》だけになると、仰向《あおむ》けになったままの美緒の寝間着の紐《ひも》を解《ほど》く。この寝間着は奈美が貸してくれていた。

きっと今、母娘《おやこ》は聞き耳を立てているはずだ。この裏長屋の住人みなが聞き耳を立てているに違いない。

寝間着をはだけると、乳房があらわれる。腰高障子の隙間《すきま》から射《さ》しこんでくる月明かりを受けて、白く浮かぶ。

喜三郎はそっと乳房をつかんだ。

「強く、してください」

「強く……」

「はい。喜三郎様を裏切った罰をください」

「裏切ってなどおらぬぞ」

「でも……」

それ以上言うな、と伝えるように、喜三郎は美緒の唇をおのが口で塞いだ。そして、乳房を揉《も》んでいく。優しくだ。

「あ、あう……」

火の息が喜三郎の口に吹きこまれてくる。

美緒がしがみついてきた。喜三郎の二の腕をぐっとつかんでくる。

「ああ、魔羅で、美緒の女陰を埋めてください」

喜三郎はうなずき、下帯を取る。すると、弾けるように勃起した魔羅があらわれた。それをすぐに、美緒がつかんでくる。

「ああ、硬い。すごく硬いです……うれしいです……ああ、握っていると、安心します」

「そうか」

と言いつつ、喜三郎は美緒の腰巻を取る。

「ああ、はやく、喜三郎様のお魔羅で、成瀬監物の穢《けが》れを取ってください」

「取ってやるぞ」

喜三郎は上体を起こすと、魔羅の先端を美緒の割れ目に当てた。中を一度も探ることなく、鎌首をめりこませていく。

「あうっ……」

美緒の女陰は乾いていた。

「痛むか」

「よいのです……痛いほうがよいのです」

「そうか」

喜三郎は乾いたままの花びらをえぐっていく。すると、肉の襞《ひだ》の連なりが、ぴったと吸いついてきた。

喜三郎はそのまま、奥まで埋めこんでいく。美緒の女陰を、喜三郎の魔羅でいっぱいにするべく、突き刺していく。

「う、うう……」

美緒の女陰は乾いたままだ。それゆえ、かなりきつい。しかも女陰全体で、喜三郎の魔羅を締めてきている。

「ああ、このままでいてください」

すべて埋めこむと、美緒がそう言った。うむ、と喜三郎はうなずく。

「成瀬の亡骸《なきがら》はどうなっているのでしょうか」

「恐らく、目を覚ました藩士たちが、始末しているはずだ。料理屋には金を握らせ、なにもなかったことになるだろう。成瀬は病死扱いとなる」

「それでは藩内で、父上の汚名はすすげないということですか」

「そうなるであろうな」

「それはいやですっ」

美緒が叫ぶ。女陰が強烈に締まり、喜三郎はうなる。

「吉川家の汚名はすすげないのですか」

「そうであるな」

「斬るべきではなかったのですか」

「いや、斬るしかなかったのだ、美緒」

そう言って、ぐぐっと魔羅を動かした。すると、じわっと蜜《みつ》がにじみ出てきた。

「あれでよかったのだ、美緒」

と言いつつ、抜き差しをはじめる。

「あうっ、ああっ」

美緒が火の喘ぎを洩らしはじめる。

「よかったのですね……ああ、ああ、あれでよかったのですね」

「よかったのだ」

と言いながら、ゆっくりと抜き差ししていく。ぐぐっと奥までえぐり、割れ目まで引きあげる。そしてまた、突いていく。

「あう、うう……」

美緒のあごが反る。さらに蜜がにじんできて、女陰が熱くなってきていた。もう、痛みはあるまい。

「すぐには汚名はすすげずとも、成瀬の悪事は表沙汰《おもてざた》になるであろう。あとは、時が解決してくれるはずだ」

「ああ、喜三郎様っ」

急に蜜が大量にあふれ出した。くいくい締めてくる。

「ああ、魔羅が……ああ、魔羅が食いちぎられそうだ、美緒」

「食いちぎりますっ。ああ、食いちぎって、ああ、喜三郎様の魔羅を……ああ、ずっと美緒の中に入れておきますっ」

「そうか。それなら、食いちぎってくれっ」

はいっ、と根元から先端まで女陰全体でひねるように締めあげてくる。

「あ、あああっ、食いちぎられるっ」

はやくも、喜三郎は暴発させていた。

「おう、おうっ」

お菊長屋中に響くような雄叫《おたけ》びをあげて、美緒の中に噴射していった。

「あっ、いく、いくいくっ」

美緒も喜三郎に負けないいくらいの大声で、いまわの声をあげていた。

「ああ、たまらないねえ」

薄い壁の向こうから、奈美のうわずった声が聞こえてきた。すると、美緒の女陰の締めつけがさらにきつくなった。

三

「美緒さんとはいっしょになるのですか」

喜三郎は咲良とともに、両国広小路に向かっていた。もう、咲良を茶屋まで送る必要はなかったが、咲良にどうしてもと言われて、ともに向かっていた。

「いっしょにか……そうであるな」

お菊長屋の九尺二間の家に、ともに住もうと言ったのは、夫婦《めおと》になってくれ、という意味であった。美緒もそれを承知して、承諾したはずである。

が、いざ、夫婦と考えると、これでよいのだろうか、と案じてしまう。なにせ、喜三郎は主《あるじ》なしの身になったのだ。お菊長屋に住んでいられるのも、大家の後家の情けである。

そうだ。お菊に挨拶に行かなければならぬ。おなごと住むのだ。お菊は、よい顔はしないかもしれない。

「祝言《しゅうげん》を挙げないといけませんね」

「祝言……」

考えてもいなかった。そもそも、祝言を挙げる金などない。

「いかがされたのですか」

咲良が前にまわって、喜三郎を見あげる。

きれいだ。この美形の娘の処女花を散らして男になったことが、もうはるか昔のように思えてくるが、まだ半月ほどしかすぎていない。

「お金の心配ですか」

「ま、まあ、そうであるな」

「そんなのいりませんよ。三三九度をするだけでよいのです」

「そうか……」

「でも、できたらまだ、夫婦になってほしくないです」

「なぜだ」

「だって……」

と言って、咲良がしなを作ってみせる。淡い色香が立ちのぼり、喜三郎の魔羅が疼《うず》いた。

そもそも、あの裏長屋で美緒と暮らすのはどうなのか。処女花を散らした娘が隣に住んでいて、そのことを裏長屋の連中はみな知っているのだ。

もしかして今、井戸端でそのことをっ。

「ならんっ」

「どうしましたか、香坂様」

「ちと、野暮用を思い出した。ここで帰らせてもらう」

両国橋を渡る前に、喜三郎は踵《きびす》を返した。

お菊長屋に戻ると、井戸端におなご連中が集まっていた。

「あら、香坂様、おはやいですね」

と、声をかけてくる。みな、にやにやと喜三郎を見ている。やはり、昨晩のまぐわいの様子を聞いていたのだ。美緒の姿がなかった。

「美緒は」

おなご連中が、喜三郎の背後に目を向けた。

振り返ると、質素ないでたちの、美形のおなごが立っていた。

「あら、喜三郎様、おはやいですね」

「美緒……どうしたのだ」

質素ないでたちが、似合っていた。あらたな魅力を感じた。

「お奈美さんに、古着屋に連れていっていただいたのです」

「いただいた、というほどのものではないですけどね」

お菊長屋御用達《ごようたし》の古着屋に行ったようだ。

「似合いませんか」

美緒が不安気な表情を浮かべた。

「いや、似合うぞ。とてもよく似合う」

そうですか、と美緒が笑顔を見せる。似合ってますよ、と奈美をはじめ、井戸端のおなご連中も褒《ほ》めた。

よい長屋ではないか。このまま、お菊長屋で暮らそう、と喜三郎は思った。

「美緒様が仇をお討ちになったそうですね」

「はい、あずみさんには世話になった」

喜三郎は昼すぎ、千鶴の家を訪ねていた。並木屋の件は解決したが、初音はそのまま、千鶴の家に世話になっていた。

千鶴は船宿の用事で出ていて、家には初音しかいなかった。

「美緒さんはとてもりっぱですね」

「そうであるな」

「私も美緒さんを見習いたいと思いました」

「美緒を見習う……」

「私はもうご存じのとおり、とある藩主の娘です」

「やはり……」

「今、我が藩は最大の危機に瀕《ひん》しています。藩主には、おなごの私しか子はいません。そして今、父は病気がちで、いつ亡くなってしまうかわかりません。父が亡くなる前に、私が婿《むこ》を取って、その婿を跡取りにするのが筋道ですが、それに反対している者がいるのです」

「郷田であるな」

「はい、江戸家老の郷田重嗣《しげつぐ》といいます。郷田は我が父の弟を次期藩主にしようとしています」

「それでよいのではないか」

「弟には、まったく人望がないのです。藩の民は誰ひとりとして、弟が藩主になることを望んでいません。弟は残念ながら、無類のおなご好きで、おなごのことしか頭にないのです。藩内に、自分だけの郭《くるわ》を作っているほどです」

「ほう、それはすごい」

「されど子だねがなく、正室や側室の子は、みな郷田の子だと言われています」

「なんと……」

「これは噂《うわさ》ではなく、私が弟にじかに問いただし、真《まこと》であると確証を得ました。弟は今、江戸家老の郷田の言いなりです。藩主になれば、もっと郭を大きくできると言われ、その気になっています」

「そうか……」

「私が婿を取ればよいのですが、誰でもよいというわけではありません」

「しかし、ことは急がねばならないのではないか」

「はい。私が婿を取るのを阻止するため、郷田が私の命を狙うようになったのです。それで上屋敷を出て、市中に身を隠しているのです」

「そうなのか」

「江戸家老が失脚するまで身を隠しているつもりでいましたが、美緒様を見習い、こちらから攻めに転じることにしました」

「攻めに転じるとは……江戸家老を亡き者にするということか」

「それは最後の手段です。郷田が亡くなれば、病死と発表しても、国元では藩主派が殺《や》ったと噂になるでしょう。そうなると、やはり父の評判、そして跡を継ぐ私の評判も落ちてしまいます。同じ藩の人間同士、殺し合いは避けたいです」

「そうであるな。しかし今、初音さんは命を狙われているのだぞ。悠長《ゆうちょう》なことを言っているときではないのではないのか」

「まずは、命を狙われないようにしようと思います」

「それは、どういうことか……」

「郷田は弟に負けず、おなご好きです。そこを利用するのです」

「利用する……」

「はい。郷田が私の躰を、処女花を欲しがるようにするのです」

「なんと……」

姫様の口から、処女花という言葉が出ただけで、喜三郎は股間をむずむずさせてしまう。姫様の前で不謹慎だと思ったが、これればかりは仕方がない。

「今宵《こよい》、郷田と大川の上で会うことにしました。すでに、あずみに上屋敷へ行かせて、郷田にじかに文《ふみ》を渡しています」

「今宵か」

「はい。話し合いをしましょう、という提案ですが、そこで、どうしても私をものにしたいと思わせるようにします」

「まさか、裸になるのか」

はい、と初音がうなずく。

「郷田とは一対一で会います。恐らく、お互い、得物《えもの》を持っていないかはっきりさせるために、郷田は私に裸になるように言うでしょう。それに従うつもりです。大川の上で、裸になります」

「しかし……」

「すでに、千鶴さんを助けるために、大川まで裸で行きました」

「そうであったな。しかし、郷田の魔羅を目にすることになるぞ」

「魔羅も、すでに香坂様のものを目にしています」

と言って、初音がぽっと頬を赤らめた。

「あの折は、すまなかった」

「いいえ、魔羅がどういうものか知りたかったから、よかったです。お菊長屋のおかみさんたちがみな、香坂様の魔羅はりっぱだ、と言っていましたから、とてもよいものを見せていただいたと感謝しています」

「いや、感謝されるようなことではないぞ」

　喜三郎は頭をかく。

「そこで、香坂様にお頼みがあるのです」

「わしで役に立つことなら、なんでもするぞ」

「大川上で郷田と会うとき、私についていてほしいのです」

「お父上の家臣がつけばよいのではないのか。わしより腕の立つ者はいくらでもいるだろう」

「それはできません……裸になって、郷田の気を引くなどという話を聞いたら、父はゆるしてくれません」

「そうかもしれぬな。いや、そうであろうな」

「だから、これは父上には内緒でやるのです」

「あずみさんは」

「あずみも見張ります。が、あずみは影の存在。私のそばにはつけません」

「承知した。お引き受けしようぞ」

「ありがとうございます」

姫様が浪人に頭を下げた。

四

四つ（午後十時頃）をすぎた頃。

この刻限になると、吉原行きや船遊びの連中もいなくなり、大川は静まり返る。

そんななか、両国橋の上流から三艘《そう》の猪牙船《ちょきぶね》が、下流から一艘の猪牙船があらわれた。

三艘の猪牙船の先頭には、幸田《こうだ》藩江戸家老郷田重嗣が乗っていた。あとの一艘には藩士たちが乗り、もう一艘は船頭だけ乗っていた。

かたや一艘の猪牙船には、幸田藩主の長女である初音と浪人の喜三郎が乗っていた。船頭は、鶴屋の勝吉だ。喜三郎が頼んで勝吉にしてもらった。

郷田が空の猪牙船に乗りこんだ。

こちらにやってくる。

「この猪牙船で、腹を割って話し合いませんか、初音様」

「よろしいでしょうっ」

初音が返事をする。

「ただ、いきなり刺されるのは勘弁していただきたい。得物を持っていないという証《あかし》が欲しいですな」

「どういうことかっ」

「お互い、裸になって話し合おうではありませんか、姫様」

初音が読んだとおり、郷田は大川の上で、姫に裸になれ、と言ってきた。

「よろしいでしょう」

と、初音が言うと、郷田が、ほう、という表情を見せた。

「では、私から」

と言うと、郷田は腰から鞘ごと大刀を抜き、足下に置いた。そして袴《はかま》を取り、帯を解くと脱いでいく。でっぷりとした腹があらわれる。筋肉もゆるみきっている。

美食とおなご三昧《ざんまい》で、剣の鍛練は怠《おこた》っているようだ。

あれならすぐに、初音は斬れると思った。

郷田は下帯も取った。半勃《だ》ちの魔羅があらわれたが、それがぐぐっと反り返りを見せていった。

これはっ。

躰は鍛練を積んでいなかったが、肉の刃のほうは違っていた。

夜ごとのおなご遊びで鍛えている魔羅だ。反り返りは見事で、鎌首の張りも形もよかった。

「はじめて見ますかな、姫様」

誇示するようにぐいっとしごきつつ、郷田が聞く。すると、

「いいえ。はじめてではありません」

と、初音が答え、

「なにっ」

郷田が驚きの声をあげた。

「安心しなさい。誰ともまぐわってはいません。見たことがある、と言っただけじゃ」

「誰の魔羅を……ご覧になったのですか」

「こやつじゃ」

と、脇に控えている喜三郎をあごでしゃくる。

「そやつは、なに者ですか。藩の者ではありませんね」

「拾ったのです」

と言い、初音が帯に手をかける。

「引いてくれぬか」

初音が喜三郎を見て、そう言った。はっ、と返事をして立ちあがると、喜三郎は帯をつかんだ。そして、ぐいっと引くと、初音の躰が独楽《こま》のようにまわり、小袖《こそで》がはだけた。

失礼します、と喜三郎は小袖を引き下げる。すると、白い肌襦袢《はだジュバン》があらわれる。

それを見て、郷田の魔羅がぴくっと動いた。

すぐそばの猪牙船に乗った家臣たちも、目を見張って姫の肌襦袢姿を見つめている。みな、すでに魅了されていた。

初音は肌襦袢の腰紐を解くと、自らはだけていった。

すると、乳房があらわれた。

「なんとっ」

郷田が感嘆の声をあげる。初音が真に乳をあらわにさせるとは思っていなかったのか、それとも姫の乳があまりに美しくて驚いたのか。

初音は肌襦袢を躰の線に沿って滑らせていく。見事なお椀形《わんがた》の、豊満な乳房が月明かりを吸って、白く浮きあがる。

乳首はわずかに芽吹いている。

初音はさらに腰巻に手をかけた。

「姫様、よろしいのですかっ」

郷田のほうが狼狽えている。

「お互い、裸と裸で話し合うのであろう、郷田。おまえが提案したことではないのか」

「そ、そうですが……」

初音が腰巻を取った。脇に控えている喜三郎の鼻孔を、甘い薫《かお》りがくすぐってきた。腰巻についていた匂いか。

「ああ、姫様っ」

郷田の視線が、剝《む》き出しとなった初音の割れ目に釘《くぎ》づけとなる。

と同時に、ぶんっと右手から矢が飛ぶ音がした。

「姫っ」

喜三郎はすぐさま初音に抱きつき、押し倒した。頭の上を矢が飛んでいく。ひと矢では収まらず、ふた矢、み矢と飛んでくる。

「なにをしているっ。やめろ、やめるのだっ」

郷田が川岸に向かって手を振る。

喜三郎はずっと初音の裸体に覆《おお》いかぶさっていた。抱きついたときに偶然だったが、乳房をつかんでいた。そして、そのままの状態で初音を船底に押し倒していた。

初音の乳房はやわらかかった。なにより、剝き出しの肌全体から、なんとも言えない高貴な匂いがしていた。

喜三郎は勃起させていたが、勃起させることが礼を失するのではないか、と思うような薫りであった。

「立つぞ」

初音が言う。

「大丈夫ですか」

「大丈夫だ」

初音は肝が据わっていた。確かに国元では民に人気があり、人望もあるのだろう。

喜三郎が躰を起こした。郷田は案じるように、初音を見ている。まわりを見ると、川岸に弓を持つ藩士たちが見かけられた。

「郷田、いったい、どういうことだ」

立ちあがった初音が、郷田に向かって問う。乳房も割れ目も隠さない。

「申し訳ございません。なにかの手違いで、勝手にやったことです。腹を切らせます」

「腹を切るなら、郷田、おまえが切れ」

「それは……」

「戯言《ざれごと》です。そちらに行くぞ」

初音が裸のまま、郷田が乗っている猪牙船へと飛んだ。

たわわな乳房が弾み、郷田は目を見張る。

喜三郎は月明かりを受けて白く浮かぶ、姫様の臀部《でんぶ》に見惚《みと》れていた。

しかし、なんという度胸だろうか。たった今、弓矢で命を狙われたのに、裸のまま堂々と、郷田と対峙している。

郷田は姫様の裸体から目を離せないでいる。完全に、その躰の虜《とりこ》になっていた。

「父上の病状が芳《かんば》しくないが、万が一のときは、私が婿を取り、婿を藩主としま
す。それでよいですね、郷田」
「えっ……い、いや、彦次郎様が……跡を継がれるほうが、よろしいのではない
でしょうか」
「彦次郎はおなごにうつつを抜かし、民の信頼がまったくない。それは、おまえ
も承知していることであろう」
「いいえ、そのようなことはございません。彦次郎様は、幸田藩のことを、民の
ことを常に考えていらっしゃるお方です」
「これが気になるか」
郷田は初音のすうっと通った花唇を凝視したままだ。
「い、いいえ……いや、あまりに美しくて……眩《まぶ》しいです、姫様」
「そうか。中を見たいのではないか」
「えっ、そ、そのような畏《おそ》れ多いこと……」
郷田はかぶりを振るも、視線を離さない。いや、離せないのであろう。
江戸家老であっても、姫様の花びらを目にしたことはないだろう。そもそも、
今、はじめて裸体を見ているのではないのか。

その素晴らしさに驚いているはずだ。

初音の狙いどおりである。これで、郷田は割れ目の奥を見るまでは、初音の命は取らないだろう。むしろ、割れ目の奥に執着するだろう。

「見せてやってもよいぞ、郷田」

「えっ……い、今、なんと、おっしゃいましたか、姫様」

「この奥が見たいのであろう。特別に見せてやってもよいぞ」

「ま、真、ですか」

初音がその場にしゃがんだ。脱ぎ捨てた小袖をまさぐり、一枚の書面を手にした。

「これを」

と、郷田に差し出す。郷田は受け取るも、初音の裸体から目を離さない。完全に、取り憑《つ》かれていた。

「読まないのなら、話してやろう。それは、彦次郎を次期藩主に立てることはしない、という念書だ。そこに血判《けっぱん》をつけ、郷田」

「そ、それは、私の一存では……」

「彦次郎はおまえの操《あやつ》り人形にすぎないであろう。血判をついたら、見せてやろうぞ、郷田」

「み、見せる……その割れ目の奥を、見せてくださるとおっしゃるのですか」

「そうだ。見たいであろう」

「見たい、見たいです。ああ、姫様の女陰、死ぬまでにこの目で見たいですっ」

と、郷田が叫ぶ。魔羅はずっと反り返ったままだ。鈴口《すずぐち》より大量の汁が出て、胴体まで垂れている。

喜三郎も同じだった。大川の真ん中で、生まれたままの姿で立つ初音の姿に、我慢汁を出していた。

「では、血判をつけ」

「そ、それは……」

「見たいのであろう」

初音がぴっちりと閉じている割れ目に指を添えた。

「ひ、姫様……」

郷田の躰が震えはじめる。

「血判をつけ」

「姫……様……」

おうっ、と吠《ほ》えるなり、郷田が初音の裸体に抱きついていった。押し倒すと、股間に顔を向けていった。

「姫っ」

喜三郎が叫ぶと、初音と郷田を乗せた猪牙船が揺れはじめた。

そして、あっという間に、猪牙船がひっくり返った。

「初音さんっ」

喜三郎は腰から鞘ごと大刀を抜くなり、大川に飛びこんだ。郷田の家臣も次々と飛びこんでいく。

月明かりが大川に射しこんではいるが、ほとんど前が見えない。が、白いものが見えた。ふたつだ。

ふたつ……初音と、あずみかっ。

喜三郎は猪牙船にあがると、向こうに、と白いものが見えた方向を指さした。

勝吉は、へいっ、と返事をして、棹《さお》を大川に差す。

一方、郷田は浮きあがってこない。藩士たちも潜っている。

そんななか、喜三郎を乗せた猪牙船は川岸へと向かう。すると、白い腕が川面《かわも》から出てきた。

「あずみかっ」

喜三郎は手を伸ばし、白い手をつかむ。すると、ぎゅっとつかんできた。

喜三郎は引きあげていく。かなり重い。ふたりぶんだからだ。

あずみの顔が出てきた。そして、初音も川面から出た。初音は目を閉じていた。

「初音さんっ」

勝吉とともに、ふたりを引きあげた。

「あとは任せました」

と言うなり、裸のまま、あずみは土手を駆けのぼっていった。

「腹を押してください」

と、勝吉が言う。

「おまえがやってくれぬか」

「いや、お姫様でしょう。あっしなんかが、畏れ多いです」

わかった、と喜三郎が初音に跨《また》がり、平らな腹を押す。すると、半開きの唇から、水が出てきた。

「息を吹きこんでやってくだせえ」

「息を……吹きこむ……」

初音の唇を見る。息を吹きこむということは、あの唇におのが口を押しつけるということだ。

姫様と口吸いっ。いや、口吸いではないだろう。初音は気を失っているのだから。こちらが勝手に口を押しつけるだけだ。しかし……。

「なにしているんですかっ、香坂様っ。はやく息を吹きこんでくだせえっ」

勝吉に急《せ》かされ、わかった、と喜三郎は初音の美貌に顔を寄せていく。

しかし、なんて高貴な顔だちをしているのだろうか。

唇に押しつけようとして、やはりいかん、とためらう。

「はやくっ」

喜三郎は、えいやっ、と口を姫様の唇に押しつけた。その刹那《せつな》、雷が落ちていた。しばし、躰が固まった。

「息を吹きこむんですっ」

そうか。そうであるな、と喜三郎は初音の口に息を吹きこんでいく。

「胸を押してくだせえ」

胸を……乳ではないかっ。そのようなこと……。

「はやくっ」

勝吉に急かされ、これは姫の命がかかっているのだっ、御免っ、と乳房を押していく。すると、喜三郎の手が豊満なふくらみにめりこんでいく。

「もっと強く押してくだせえ」

喜三郎は息を吹きこみつつ、乳房を強く押していく。

姫様の乳房はやわらかく、喜三郎の手を包みこんでくる。それでいて弾力にもあふれ、押し心地は極上であった。

「う、うう……」

初音が反応を見せた。苦しそうに眉間に縦皺を刻ませている。

「もっと息をっ。もっと乳をっ」

勝吉に言われ、さらに息を吹きこみ、乳房を押す。

すると、うう、と反応があった。

初音が目を開いた。喜三郎の顔面が間近にあり、びっくりしたような表情を浮かべる。

喜三郎は口を押しつけ、乳房を押したままで初音を見つめる。

すると、初音が喜三郎に抱きついてきた。ぐいっとしがみつき、さらに舌を入れてきた。

姫様の舌を感じた刹那、喜三郎は気を失いそうになった。

これは、口吸いではないのか。これは、口吸いではないのかっ。

初音の舌がねっとりとからんできている。唾《つば》はとても清廉《せいれん》な味がした。

わしのような輩《やから》の舌で穢してよいのか。

喜三郎はあわてて口を引こうとしたが、それを姫様がゆるさなかった。

強く抱きついたまま、唇を押しつけつづけた。

五

喜三郎は腑抜《ふぬ》けのようになっていた。

朝、目覚めた刹那より、喜三郎の脳裏に初音の裸体が浮かび、初音の乳房の感触、そしてなにより、口吸いの感触が蘇《よみがえ》り、自然とにやけてしまうのだ。

「おはようございます」

美緒が挨拶する。

その声に、はっと我に返る。いかんっ、姫様の姿を消すのだ、と喜三郎は、ぱんぱんと顔を張る。

「どうしたのですか、喜三郎様」

美緒が喜三郎の顔をのぞきこんでくる。品のよい美貌が迫り、喜三郎はあわてる。浮気をしたわけではないが、初音と口吸いをしたのは間違いないことなのだ。うしろめたさを覚え、つい顔をそらしてしまう。

「昨晩、なにがあったのですか」

美緒が聞いてくる。

「なにもないぞ」

美緒は初音のことは知らないし、言わないほうがよい。

「顔を洗ってくる」

と言い、煎餅布団から出ると、腰高障子を開こうとする。が、いつもならすんなりと開くのに、今日に限って開かない。

がたがた鳴らしつつ、ようやく開くと井戸端に出る。井戸端には珍しく人はいなかった。井戸水を汲《く》みあげ、顔を洗っていると、背後に人の気配を感じた。

「八つ。乳を見た廃寺で」

おなごの声がして振り向くと、誰もいなかった。かすかに、あずみの匂いがした。

八つ（午後二時頃）、喜三郎はお菊長屋を出ると、亀戸のほうに向かい、初音の乳房をのぞき見た廃寺に入った。

するとと本堂の前で、素振りをしているおなごがいた。

初音である。小袖を諸肌脱《もろはだぬ》ぎにして、大刀を振っている。胸もとは白い晒《さらし》で包んでいる。

喜三郎は思わず見惚れてしまう。と同時に、昨晩の口吸いを思い出す。瞬《またた》く間に勃起させていた。

初音が素振りをやめた。そして惚《ほう》けたような顔の喜三郎に、初音のほうから近よってくる。かなり素振りをしていたのか、鎖骨《さこつ》や、半分ほどはみ出たふくらみに、無数の汗の雫《しずく》が浮いていた。

それがみな深い魅惑の谷間に向かって流れていくのを、喜三郎は見つめていた。

「昨晩は、ありがとうございました」

初音が頭を下げた。すると、晒から今にも乳首がのぞきそうになる。昨晩、初音の裸を見ていたが、それでも乳首が見えるかもしれぬ、とどぎまぎしてしまう。

「いや。あれは、あずみの手柄だ」

「あずみはずっとあの猪牙船の下にいました」

「よく息が続いたものだな」

はい、と初音はうなずく。

「郷田はどうなった」

「助けられたそうです。まあ、大川に落ちたくらいでは死なないでしょう。助けあげられたとき、割れ目、乳、花びらと、ずっと譫言《うわごと》を言っていたらしいです」

「そうか。わかるな」

「わかる……」

「うむ、郷田の気持ちが」

実際、喜三郎も同じ心境なのだ。こうして初音と向かい合っていても、割れ目、乳、花びら、と思ってしまう。

喜三郎の場合はそれに、口吸い、舌、唾が加わる。

「これで、私の命が狙われることはなくなりました」

「殺すのが惜しくなったということか」

「はい。側近に、私の処女花を散らしてから殺す、と言っているそうです」

「それで、どうするつもりか」

「彦次郎を説得してみます」

「国に行かれるのか」

「いいえ。もうすぐ、彦次郎が江戸に来るようなのです。江戸で彦次郎に会い、郷田の言いなりにならぬように説得してみます」

「うまくいくか」

「恐らく、だめでしょう。しかし、やることはすべてやらなければなりません。郷田を殺《あや》めるのは、最終手段です」

「そうか」

「それに、婿取りも進めなくてはなりません」

「婿か」

「諸大名より、多くの話はあるのです」

「そうであろうな」

「でも……好いた男と添い遂げたいのです」

と言って、初音が頬を赤らめた。

な、なんだっ。これはっ。

「昨晩の口吸い……忘れてほしいとは言いません。むしろ、忘れてほしくはないのです、香坂様」

「な、なにを、おっしゃっておられるのですか……」

　途端に敬語となる。

「はじめて殿方と唇を合わせました。目を開いたとき、香坂様のお顔があり、ほっとしました。そして、生きていてよかった、と思ったのです。それで、思わず、私から恥知らずなことを……」

「初音さん……」

「はしたない姫だとお思いでしょう」

「いいえ、そのようなことは……思っていないぞ」

「本当ですか」

「本当だ」

「では、今一度……おねがいできますか」

「おねがい、と言うと……」

　野暮だが、聞き返さずにはいられなかった。姫様が、もう一度、ここで口吸いをしたいと言っているのだ。

　初音はなにも答えず、瞳を閉じた。

初音は待っている。わずかに開いた唇が、喜三郎の口を待っている。

信じられなかった。昨夜は、命が助かった喜びで思わず、目の前にいた喜三郎と口吸いをしたのだと思っていた。

が、今は違う。待っているのだ。

喜三郎の躰が震えはじめる。喜三郎は浪人の身だ。相手は姫様なのだ。身分が違うのだ。

「香坂様」

初音の唇が動く。

その刹那、喜三郎は初音を抱きよせ、その唇を奪っていた。

舌を入れると、初音の舌が応《こた》えてくる。昨晩より、もっと濃厚な口吸いとなる。舌と舌がぴちゃぴちゃとからむ。

喜三郎の震えは止まらない。震えたまま、姫様と舌をからめていた。今日の唾は昨晩と違い、甘さを感じた。ただただ清廉なだけの味とは違っていた。

口吸いをして、ひと晩で初音もおなごとして成長したのか。

これでよいのか。よいわけがない。初音の躰は、とても大事な躰なのだ。初音の処女花を散らせるのは、唯一、藩主になる男の魔羅である。

このようなこと、藩主に知られたら、喜三郎自身が命を狙われると思った。

そもそも、わしには美緒がいる。まずい、まずいぞっ。美緒がいるのに、初音と口吸いを。やめるのだ。はやくやめろ。

無理だ。ここで口を引ける男がいたら、その強靭《きょうじん》な精神力に感服するだろう。情けないが、喜三郎にそこまでの精神力はない。

いや、どんな男であっても、初音と口を合わせ、舌をからめ、その唾を味わえば、逃れられなくなるだろう。

「う、うんっ」

初音は口吸いをやめようとはしない。むしろ、さらに舌遣《したづか》いがねちっこくなっている。舌遣いだけは、おなごであった。

喜三郎は初音と舌をからめつつ、射精しそうになっていた。

コスミック・時代文庫

お世継姫《よつぎひめ》と達人剣《たつじんけん》

2021年8月25日　初版発行
2022年6月19日　2刷発行

【著者】
八神淳一《やがみじゅんいち》

【発行者】
杉原葉子

【発行】
株式会社コスミック出版
〒154-0002 東京都世田谷区下馬 6-15-4
代表　TEL.03(5432)7081
営業　TEL.03(5432)7084
FAX.03(5432)7088
編集　TEL.03(5432)7086
FAX.03(5432)7090

【ホームページ】
http://www.cosmicpub.com/

【振替口座】
00110-8-611382

【印刷／製本】
中央精版印刷株式会社

ISBN978-4-7747-6310-1 C0193

この作品はコスミック文庫のために書下ろされました。

お世継姫と達人剣

八神淳一

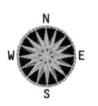

コスミック・時代文庫